アルトワール学院小学部

女子生徒制服紹介

「とてもいい制服よ。返り血は目立ちそうだけどね」

制帽（男女共通）

ポケットには校章の刺繍が刻み込まれている。

制服

キャメル生地風の前が開くタイプのセーラーワンピース。山吹色のタイが目を惹くデザイン。
白いカラーには白いテープでラインが入っている。
所々にあしらわれた金ボタンがアクセント。

ソックス（校章入り）

ブラウンのビットローファー

Check it!

ニア・リストン

標準のスカート丈、指定のソックス、指定のビットローファーで、ごく標準的な着こなし。

魔法映像《マジックビジョン》のアイドルが
制服姿をお披露目!
「スカートが短い?
でも可愛いでしょ?」
「落ち着いた配色で、
王族としての公務
でも好評です」
Check it!
レリアレッド・
シルヴァー
短めのスカート下か
らのぞくパニエに、
髪に揃えた真っ赤
な靴で、校則違反
にならないギリギリ
のおしゃれを演出!
Check it!
ヒルデトーラ・
アルトワール
ドレスのようなたっぷり
としたスカートでお嬢様
の上品さをアピール!

アルトワール学院小学部

男子生徒制服紹介

Check it!

ニール・リストン

指定のソックス、指定のコインローファーで、ごく標準的な着こなし。

ポケットには校章の刺繍が刻み込まれている。

制服
女子と同じキャメル生地風のダブルブレストのブレザー。山吹色のタイが目を惹くデザイン。
白いカラーには白いテープでラインが入っている。
所々にあしらわれた金ボタンがアクセント。

ソックス(校章入り)

ブラックのコインローファー

通学鞄(男女共通)

凶乱令嬢ニア・リストン 2

病弱令嬢に転生した
神殺しの武人の華麗なる無双録

南野海風

HJ文庫
1077

口絵・本文イラスト　磁石

Contents

――珍《めずら》しい、というより、初めてではないだろうか。

今日は撮影《さつえい》の最終日である。

これが終われば、しばらくは「ニア・リストンの職業訪問」の撮影はお休みとなる。

今日の現場は、お菓子《かし》の専門店だ。

職人と一緒《いっしょ》に作るそうで、早速《さっそく》キッチンに立っている。

完成品のケーキやパイを見ると、繊細《せんさい》で精緻《せいち》な技術の結晶《けっしょう》であるとわかる。口に入れればすぐになくなるほど脆《もろ》く儚《はかな》いが、作る方は意外と力仕事だ。まだ混ぜるのか。そうか。

メレンゲ？　よくわからんが私の本気を見せてやる。一部だけな。

撮影は順調に進んだ。

私にとっては、いつも通りの撮影だ。

最初は面食らうこともあったが、さすがにもう慣れた。何事も、何度も繰《く》り返していればそりゃ慣れるだろう。武も基本は反復練習だしな。

「ああニアちゃん、ちょっと、もういいからね。もういいからっ」

泡だて器もボウルも磨《す》り潰《つぶ》すつもりで激しく泡立《あわだ》ててやると、女性の料理人が慌《あわ》てて止めに来た。

——まあ、こんな小さなハプニングも撮影には付き物なのである。もちろんわざとではない。私はそんなに器用じゃない。

いつも通りの撮影である。

いつも通り和《なご》やかに撮影は進んでいった。

いつもと違《ちが》うのは、今日は両親が見学に来ていることだ。

たまに「現場が近かったから」と撮影を見に来ることはあったが、最初から最後まで見学しているのは初めてだと思う。

まあ、私は子供じゃないので親が見ていても構うことはないが。

撮影が終わり、両親と近くのレストランへ向かう。一緒に夕食を取るのだ。

「しばらく会えなくなるからね」

父親にそう言われ、そうだったなと私は思い出した。

ここのところ撮影のスケジュールがきつくて、目の前の仕事をこなすことしか考えていなかった。

今日の撮影で最後。

最近は、それだけを目指して乗り越《こ》えてきたのだ。

そう、しばらくリストン領から離《はな》れることになるからだ。

「お父様もお母様も、だから撮影を見に来たのね」

今日で撮影は終わり、しばらく次はない。

なぜなら、私は王都にある学院の寮《りょう》に入るからだ。日程では明日かな？　明日の夜はもう寮に入っているはずだ。

これから王都行きの飛行船に乗り込《こ》むので、家に帰るのは夏休みになるだろう。

しばらく会えなくなるから、最後に娘《むすめ》に会っておきたかったのだろう。

――私がニアなら、喜んだのだろうか。それともしばらく会えなくなる寂《さび》しさを感じていたのだろうか。

「お父様とお母様と離れて暮らすなんてイヤ。おうちに帰りたい、って言った方がいい？」

一応聞いてみた。

「あ、気を遣《つか》わなくていいよ」

父親には間髪《かんはつ》容れず「そういうのいいです」と断られ、

「大丈夫《だいじょうぶ》？　連日の撮影で疲《つか》れているの？」

母親には露骨《ろこつ》に精神状態を心配された。

うーん。

どうやら私は、少々ドライな子供でありすぎたのかもしれない。両親は完全に私の性格はそういうものだと認識《にんしき》している気がする。

まあ、いいか。

私はニアの代わりはできるが、ニアにはなれないからな。

……なんて、今更《いまさら》か。

私がニアになって、もう一年半が過ぎている。

葛藤《かっとう》も、本当のニアに対して思うことも、もう通りすぎてしまった。

今更この生活に戸惑《とまど》う理由はないのだ。

第一章　兄の出迎えと、少女たちの出会い

アルトワール王国では、六歳《さい》から十二歳までの六年間を、王立の学《まな》び舎《や》で過ごすことが義務付けられている。

それがアルトワール学院だ。

曰《いわ》く「力のない子供なんて労働源にしても大した働きはできない」という論の下、ある程度身体ができて労働源として当てになるまでの間、勉学に触《ふ》れさせようという企《たくら》みだ。

子供さえも労働力に数えられている家もまだまだ珍しくないそうだが、何代か前の国王が定めた法なので仕方ない。

貴人の子供も、農民の子供も、王族さえも、よほどの事情がなければアルトワール学院小学部に属することになる。昔はあった貴族用の学校はとっくに廃《はい》されたとか。

なお、王都に家がある者は自宅から通学可能だが、各地の浮島《うきしま》に家がある大多数の子供は、寮に入り生活することになる。

――というわけで、私も今日から寮住まいとなる。

撮影スケジュールの関係で、前日夜に飛行船に乗り翌日に王都に到着《とうちゃく》する日程を組んだ。

なるほど、寝《ね》ている間に移動するのか。

兄も言っていたが、夜の長距離《ちょうきょり》移動はなかなかいいな。時間の節約になる。

「私は中学部まで出ているんですよ」

「そういえばそんなことを言っていたわね」

飛行船の食堂で朝食を食べながら、リノキスが話すアルトワール学院のことを聞く。

これまでに断片的《だんぺんてき》な情報はいくつも聞いているが、ちゃんと聞いたのはこれが初めてだ。

特に、行くのは義務だというのは初耳で、結構驚《おどろ》いている。

私は両親が行けと言うから行くだけだから。まさかこの国の義務だとは。

しかも在学中の学費と食費は免除《めんじょ》されるらしい。だからこそ義務として子供たちを集めることができるのだろう。

私は為政者《いせいしゃ》ではないので、それが正しいかどうかは判断できない。

だが、民から集めた税がこんなわかりやすい形で還元《かんげん》されているなら、悪くはない施政《しせい》なのかもしれない、とは思う。

「確か冒険《ぼうけん》科を卒業しているのよね？」

「はい」

とりあえず小学部で六年間を過ごす。これが義務で、それから進学するか否《いな》かを問われることになる。

次の学部からは、学費が掛《か》かるからだ。

リノキスは小学部の次までは出ているそうだ。

貴人の子も、少なくとも中学部までは行って卒業する、というのが通例と言われている。

いわゆる貴族的な見栄《みえ》というやつだ。

「中学部は三年間で、更《さら》に上の高学部が三年間。成績が良かったり何らかの功績が認められれば、王政学部という一部の者しか所属できない最高学部に招かれるそうです」

ふうん。

正直勉学には自信がないので、私は小学部だけ出ればいいかな。

だがまあ、私の進学は、両親の意向で決まるから……両親が進学を望めば、ニアとして上の学部へ行かねばなるまい。

頭を使うことは苦手なんだよな。頭突《ずつ》きは得意なのに。

「……忙《いそが》しくなりそうね」

本格的に魔法映像《マジックビジョン》に出始めた去年の春から、かなり慌ただしくなってしまった。

今後は学院のスケジュールもこなしながら撮影もこなす、ということになる。

――去年一年、散々撮影だなんだと忙《せわ》しなく飛び回った。

そんな苦労の甲斐《かい》あり、リストン領における魔法映像《マジックビジョン》の普及率《ふきゅうりつ》はかなり伸《の》びてきている。

ここで攻《せ》めの手を緩《ゆる》める理由はない。

どんどん魔法映像《マジックビジョン》に出て、どんどん魔法映像《マジックビジョン》と魔晶板《ましょうばん》を広めてゆかねば。

まだ魔法映像《マジックビジョン》業界が軌道《きどう》に乗ったとは言い難《にく》い状況《じょうきょう》だ。リストン家の財政がどうなっているかはわからないが、まだ傾《かたむ》いている可能性は決して低くないだろう。

とにかく稼《かせ》いで稼いで稼ぎまくって家を守らねば。

これは私が背負うべき責任である。

「ああ、そういえば、王都の放送局でもお嬢様《じょうさま》を起用したいという声が上がっているそうですよ」

「らしいわね」

先日、珍しく撮影現場にやって来たベンデリオが、くどい顔でそんなことを言っていた。

「一度、向こうの放送局に挨拶《あいさつ》に行くべきかしら」

王都放送局への挨拶……となるとライム夫人辺りから繋《つな》ぎを付けてもらえると助かるが。

まあどこの局の撮影であれど、放送される映像はリストン領でも観《み》ることができる。

つまり、たとえ王都側の撮影であっても、魔法映像《マジックビジョン》に出ることに何ら支障はないということだ。映りさえすれば私の宣伝、ひいてはリストンチャンネルの宣伝になる。その上お金がもらえるなら願ったり叶《かな》ったりだ。

――正直、これからの学院生活より魔法映像《マジックビジョン》の方が気になって仕方なかった。

今日から寮に住むことになる。

寮で生活しつつ、撮影もこなしていくことになるだろう。

今後ますます武の鍛錬《たんれん》をする時間を捻出《ねんしゅつ》するのに、苦労してしまうかもしれない。

朝食が済んですぐ、アルトワール王国の王都が見えてくる。

昼前には発着場に着け、王都の大地を踏《ふ》むことができた。

港の周辺は人が多いが――特に子供の姿が目につく。

きっと私と同じ、今年からアルトワール学院小学部に入る新入生なのだろう。

ボロい服を着て物珍《ものめずら》しそうに辺りを見回す子供の集団は、皆《みな》同郷の集まりだろうか。

身形《みなり》が良く、使用人を連れているのは貴人の子に違いない。

――今回私が乗った飛行船は、兄ニールが寄越《よこ》してくれた懐古《レトロ》趣味感丸出しのアレだ。

兄は忙しいそうで、今度の春期休暇《きゅうか》にはリストン家に帰って来なかった。まあそもそも春休みは短いので帰らない生徒も多いらしいが。

そんな兄だが――

「ニア！」

妹の到着に合わせて、港まで迎《むか》えに来てくれていた。

兄は専属侍女《じじょ》リネットを従えこちらへとやってくる。男も女も魅了《みりょう》する彼《かれ》の美貌《びぼう》は、周囲の人たちの目を引いている。

「お兄様、お久しぶりです」

「うん。冬休み以来だな。君も元気そうで何よりだ」

と、兄はさりげなく私が持っていた小さな鞄《かばん》を取る。うーん……男性らしいエスコートなども身に付けてきているようだ。これは泣かせる女が増えそうだ。

……ん？

兄の横にぴったり寄り添《そ》う女の子がいた。てっきり兄とは関係ない子かと思っていたが。

この感じは、連れだろう。

さすがに他人の距離感ではない。

仕立ての良いワンピースを着ていて、幅広《はばひろ》の帽子《ぼうし》が影を落とし顔がよく見えない。私たちと同年代の子供であることは間違《まちが》いないはずだが。

「お兄様、彼女《かのじょ》は？　恋人《こいびと》ですか？」

「え？　いやっ……滅多《めった》なことを言うものじゃない」

冷静で穏《おだ》やかな兄にしては焦《あせ》った様子で、小声でそんなことを言う。

「――初めまして。ようやく会えましたね、ニア・リストン」

よどみのない鐘《かね》の音《ね》のような澄《す》んだ声で彼女は言い、少しだけ帽子のつばを上げた。

声と同じく美しい顔立ちの少女だが、特徴的《とくちょうてき》なのはその瞳《ひとみ》だ。

緑色の瞳に、赤い点が打ってある。

不思議な色と模様の瞳を見詰《みつ》めていると、魅入《みい》られているかのような錯覚《さっかく》を覚える。

この不思議な色合いの瞳は――

「――あっ！　ニア・リストン！」

魅入られている私を引き戻《もど》したのは、横からやってきた少女の力強い声だった。

燃えるような赤毛に、強い意志を宿した灰色の瞳。

この顔立ち、どこかで見たことがあるような……？

――これが、長い付き合いになる第三王女ヒルデトーラと、第五階級貴人ヴィクソン・シルヴァーの末娘《すえむすめ》レリアレッドとの出会いだった。

「ふふっ。楽しかったですね！」

そう？　私としては普通《ふつう》に走ってきただけでしかないが。

「何なのよ！　急に走り出して！」

いや私に怒《おこ》られても。私は手を取られて引っ張って来られただけだから。

——赤毛の少女に大声で名前を呼ばれたせいで、無駄《むだ》に注目を集めてしまった。

まだ魔法映像《マジックビジョン》の普及率が低いので庶民《しょみん》などは知らなくとも、魔晶板が家にあるような貴人の子には、私の名前は有名である。

無遠慮《ぶえんりょ》な視線が集まる中——決して無視できない名が漏《も》れ聞こえ。我《わ》が耳を疑うのとほぼ同時に、帽子の少女は私の手を取って走り出した。

突然《とつぜん》の行動ながら冷静に付いてくるリノキス、兄ニールとリネット。「待ちなさいよ」となぜか追いかけてくる赤毛の少女と彼女の連れている侍女。

そんな団体が、人の多い港から、広く綺麗《きれい》なメインストリートまで駆《か》け抜《ぬ》けた。

結構な距離を走ったはずだが息切れもせず振《ふ》り返る帽子の少女——いや、無視できない名の少女は、朗《ほが》らかに微笑《ほほえ》んだ。

突発的《とつぱってき》な逃避行《とうひこう》に、「楽しかったですね」と。

「ひとまずどこかの店に入りましょう」

と、兄のもっともな進言が入った。

「そうですね。偶然《ぐうぜん》とはいえ、レリアレッド・シルヴァーに会えたのも運が良かったのでしょう」

「――ちょっとあんた、むぐっ」

まだ彼女の正体に気づいていない赤毛の少女が、今度は向こうに食《く》って掛かろうとする。だが彼女の侍女が口を押《お》さえて黙《だま》らせた。本人はアレだが従者は気付いているようだ。

まあ、とにかく。

今は兄の言葉に従った方が無難だろう。

とてもじゃないが、立ち話はできない相手が出てきてしまったから。


兄の案内で、メインストリート沿いにある高級感溢《あふ》れる紅茶専門店に入った。前に来た時、私が祖父に高い紅茶を買ってもらった店である。

ターゲット層が貴人や商家という値段も格調も高い店なので、ここには試飲する客のためのテーブルも茶菓子《ちゃがし》もあるし、個室もある。

店主の老紳士《ろうしんし》は、兄と、帽子を被《かぶ》ったままの少女を見て、多くを語らず個室に通してくれた。強くはないが油断も抜け目もなさそうな男である。

「──ふう」

息を吐《は》き、彼女は帽子を取った。

蜂蜜《はちみつ》のように輝《かがや》く長く美しい金髪《きんぱつ》に、緑色に赤い点が入った不思議な瞳が露《あら》わになる。

それを見て、赤毛の少女が「あっ」と声を漏らした。ようやく気付いたようだ。

「──改めまして。わたくしはヒルデトーラ・アルトワールと言います」

微笑《ほほえ》みながら堂々と言い放つ少女に、やはりか、と思う。

そうか、彼女がヒルデトーラ……

王都放送局の魔法映像《マジックビジョン》に出ている人気者か。

「まずはニア・リストン。急な訪問を謝罪します」

「──初めまして、ヒルデトーラ様。ニア・リストンです」

下手なことは言えない相手なので、謝罪に関しては触れずに自己紹介《しょうかい》をしておく。

私個人はどうでもいいが、両親の仕事や兄の都合に差し支《つか》えるのは望ましくない。

「それに、レリアレッド・シルヴァー」

「は、はいっ」

「わたくしはあなたともお話ししたかった。付いてきてくださってありがとうございます」

「い、いえっ、そんなっ、別にっ」

――ああ、なんとなく聞き覚えがあるし、なんとなく見覚えもあるとは思っていたが。

赤毛の少女はシルヴァー家の人か。

シルヴァー領で放送局を開いた際、両親や撮影班《さつえいはん》とともに訪ねたことがある。

確かその時、シルヴァー家当主ヴィクソン・シルヴァーの娘、長女と会ったのだ。思い返せばあの人にちょっと似ている。

「座って話しましょう。あまり時間は掛けませんから」

……話、か。

このメンツからして――間違いなく魔法映像絡《マジックビジョンがら》みの話だろう。

私は特に拒《こば》む理由も断る理由もないので、ヒルデトーラが勧《すす》めるまま細工の美しいアンティーク調の椅子《いす》に座った。

そもそもすでに兄が座っているので、妹として彼の顔に泥《どろ》を塗《ぬ》るような真似《まね》はできない。

そして、なぜかいきり立っていた赤毛……レリアレッドは、ヒルデトーラの正体がわかった瞬間《しゅんかん》から、借りてきた猫《ねこ》のように大人しくなった。

……いや、ヒルデトーラだけに対する態度ではない。

チラチラと兄ニールを見ている辺り、かわいそうに、彼女も兄の美貌に惹《ひ》かれているようだ。

「単刀直入に行きましょう」

と、微笑みを絶やさないヒルデトーラは切り込んだ。

「わたくしは、王政である魔法映像《マジックビジョン》の普及に、粉骨砕身《ふんこつさいしん》の覚悟《かくご》で臨《のぞ》んでいます」

うむ。王政云々《うんぬん》はさておき、私も魔法映像《マジックビジョン》の普及は望むところ。

そしてそれは、放送局を開いて一年も経《た》っていないシルヴァー領も、同じことだろう。

いやむしろ新参のシルヴァー領が一番意気込《いきご》みは強いと思う。

「飛行船が誕生し、空を飛ぶ船が珍しくもなくなった頃《ころ》から、王族や貴人が持つ支配者特権に大きな影が差しました。

かつて存在した、次々と侵略《しんりゃく》戦争を仕《し》掛《か》けて世界の三割を支配し、世界征服《せいふく》ももはや目の前……それほどの栄華《えいが》を誇《ほこ》った天空帝国《ていこく》ミスガリス。

そんな大国が、飛行船による一般《いっぱん》庶民大量亡命という現象で自然消滅《しょうめつ》した歴史的大事件は、世界中の支配者たちに衝撃《しょうげき》を与《あた》えました。

民は土地の血液。ほんの少しならまだしも、失えば失うほど身体の動きは鈍《にぶ》り、身動きさえ取れなくなり、行く行くは命に関わる。

「あの大事件以降、庶民は浮島という大きな封鎖空間《ふうさ》から『逃げる手段』というものがあることを知り、圧政や重税という負担を強《し》いる支配者から逃亡《とうぼう》し始めた……

――ざっと話しましたが、こんな事情から昨今の王族や貴人は、昔ほどの力がなくなりました。どの国も多かれ少なかれその傾向《けいこう》が見られるようです。

と言っても、最早《もはや》わたくしたちが生まれた時よりはるか昔からのことですから、わたくしたちにとっては庶民が近しい距離にいるのは普通ではありますが」

そんなものなのか。

前世《いい》の記憶《きおく》がないだけに、私が生きた頃はどうだったかも、よくわからない。

というか、私はいつの時代を生きていたのだろう。

それこそ、その天空帝国が存命だった、かなり昔の人間だとは思うのだが……まあ思い出せないのだから考えたって仕方ないか。

「このままでは、王族や貴人の権威《けんい》は留《とど》まることを知らない勢いで滑落《かつらく》し、いずれ必要とされなくなるでしょう。

わたくしの目的は、支配者としての権威の維持《いじ》、あるいはかつての栄光を取り戻すことにあります」

まあ、王族としては無視できない部分なのだろう。

特に彼女の場合は、王が父親である。

きっと父親を支えたい気持ちが強いのだろう。

「――魔法映像《マジックビジョン》を制する者は、世界を制する……わたくしはそう思っています」

変わらない微笑みの奥に、ヒルデトーラの本気が見える。

「まず、この国に魔法映像《マジックビジョン》を普及させます。それから他国も巻き込むつもりです。そうして魔法映像《マジックビジョン》による情報操作及《およ》び思想誘導《ゆうどう》を行い、魔法映像《マジックビジョン》のシステムを掌握《しょうあく》しているアルトワール王国が世界の覇権《はけん》を握《にぎ》る……わたくしは、王族の権威回復と同時に、そんな大それた夢を見ています」

確かに大それた夢だ。

世界の覇権を握る、か。子供には過ぎた野望だ。

悪くないじゃないか。

「察するに、それに付き合えと？」

私が問うと、ヒルデトーラは迷いなく頷《うなず》いた。やはり本気なのか。

「一人でできることには限界があります。しかし二人、三人ともなればできることも増えるし、相乗効果だって望めるでしょう。

ニール・リストンは別として、わたくしたち三人は、子供ながらすでに魔法映像《マジックビジョン》で活躍《かつやく》している者たちです。魔法映像《マジックビジョン》の普及が進めば、今後はいろんな方が台頭してくるでしょう。それは権力者かもしれないし、ただの庶民かもしれない。あるいは国を動かせるほどの大商家だったり、他国の誰かだったり、すでに高名な冒険《ぼうけん》家《か》だったりするかもしれない。

魔法映像《マジックビジョン》の発展には、多くの協力者が、野心家が、ライバルが必要となってきます。今現在、わたくしたちは誰よりも先んじている。そんなわたくしたちが協力関係になれば、後発を牽引《けんいん》する存在にもなり得ることでしょう」

ふむ、なかなかの野心家。嫌《きら》いではない。

「えっと……難しいことはよくわからないけど……」

ヒルデトーラの世迷言《よまいごと》のような話を黙って聞いていたレリアレッドが、明らかに戸惑っている表情で言った。

「……魔法映像《マジックビジョン》を広めよう、という話であるなら、私は協力します、けど……」

レリアレッドは、ヒルデトーラの言葉の全てを理解できていないのかもしれない。

だが、本質は外していない。

そう――情報操作だの思想誘導だのは、普及してからの話。

まずは魔法映像《マジックビジョン》を広めるために協力しましょう、と。ヒルデトーラの目的は、今のところそれだけである。

ならば私も拒む理由はない。

――兄が何も言わないのも、現時点ではヒルデトーラの方針に賛成しているからだろう。

「私も構いません」

どっちにしろ、リストン家が没落《ぼつらく》しないようまだまだ稼がないといけない私には、選択《せんたく》の余地などない。

むしろ仕事の幅《はば》が増えるのなら、喜ばしいことである。

それにしても、まだまだ子供なのに難しいことを考えているものだ。

前世の私が六歳だか七歳だか八歳だかの頃、何をしていただろう。洟《はな》を垂らして野を駆け回り武術にさえ触れていなかったかもしれない。子供なぞそんなものだと思うんだが。

……思えば、今生の私も大したことは考えてないな。

ニアの代わりをやる他は、いかにして人を殴《なぐ》るか、いかにして魔獣《まじゅう》を仕留めるか、いかにして被害者《ひがいしゃ》ヅラして加害者になる方法はないかと頭を悩《なや》ませるばかりなのに。

権力に陰《かげ》りが見えたらしい。たとえ子供であっても、やはり王族は考えることが違うということだろう。

……あるいは、ヒルデトーラを操《あやつ》っている者がいるとか、そういう面倒臭《めんどうくさ》い背後関係があったりする、かもしれない。

子供にしては思想が出来上がり過ぎている気がするが……まあ、あるいは、彼女ははるか先のことを考える軍師のような先見の明を持っているのかもしれない。

まあどの道、彼女が目指す世界中への魔法映像《マジックビジョン》の普及なんて、どれだけ時間が必要なのかという感じだが。国内の普及さえまだ怪《あや》しいのに。

到底《とうてい》、私たちが生きている間に達成できるとは思えないが……

しかし、目的地がはるか遠い場所にあろうと、向かう先が同じなら、共に歩いていくのもいいだろう。

少なくとも、互《たが》いの理想が噛《か》み合っている間は。

「お待たせしました」

ちょうど話が一区切りしたところで、店主の老紳士が紅茶の入ったポットと、バターの香りがするスコーンを運んできた。

うむ、昼食前だけになかなか胃袋《いぶくろ》を刺激《しげき》してくれる匂《にお》いである。

それに、老紳士が手ずから淹《い》れてくれる紅茶もなかなかだ。私が大切に消化している祖父に買ってもらった紅茶とは違う香りだが、これも実にいい。

あざやかな紅色と甘《あま》さを感じる柔《やわ》らかい香りは、いかにも高級茶葉という感じだ。

恐《おそ》らくはヒルデトーラが好きな銘柄《めいがら》なのだろう。第三王女とはいえ、姫君《ひめぎみ》はやはり姫君ということか。いいもの食ってるんだろうな。

誰も手を付けないまま、老紳士が部屋を出ていき――ヒルデトーラが動いた。

「――そうでしょうね。お二人が断る理由はありませんよね」

と、紅茶を口にし、さっきの話の続きを始めた。

「それで、現状はどうなっているのかしら？」

大それた野望を語りはしたが、今度はしっかり地に足が付いた話題が振られる。

「リストン領の魔法映像《マジックビジョン》と魔晶板の普及率は、ニール・リストンに聞きました。まだ一割にも達していないのですよね？」

お、私が答えなければならないやつか。こっち見てるし。

「私もそう聞いていますが、詳《くわ》しくは知りません。あまり教えてくれないので」

一ヵ月ほど前に、ようやく八パーセントを超えたとか超えないとかいう話を耳にしたが、それだけだ。それが本当かどうかも聞いていない。

リストン家にやってきたベンデリオが、くどい顔で両親とそんな話をしていたのを、ほんの少しだけ小耳に挟《はさ》んだ程度である。

相変わらず、裏側の事情は、私にはなかなか教えてくれないのだ。

……まあ、まだ私は六歳である。

金の話、借金の話、仕事に対するギャランティーの話等々。

親としてはあまり明《あ》け透《す》けに話したくはない、というのは理解できる。

仮に私に子供がいたとしても、私だって自分の子供に率先《そっせん》して話したい内容だとは思わない。特に金絡みのことは話したくない。

「ちなみに王都ではどのくらいなのでしょう？」

「六パーセントくらいかしら。でも王都は人口が多いので、単純な魔晶板の実売数ならリストン領を超えているはずですよ」

なるほど。確かにそうだろうな。

「シルヴァー領はどうですか？　放送局ができて半年ほどだし、まだまだ低いのではないかしら」

「え、ええ、はい……えっと…………――エスエラ、説明して」

どうやらレリアレッドもその辺の事情を知らないようで、背後に立つ背の高い侍女を振り返った。私もたまたま聞いただけだし、彼女の認知度《にんちど》も私と似たようなものだ。

「――まだ四パーセントに満たない、と聞いています。リストン領領主オルニット様のご指導の賜物《たまもの》で、普及するペースは速い方ではあるようですが」

すらすらと返事が返ってくる。うちの父親の名前まで入れて。

……半年で三パーセントを超えているなら、確かに速い方かな。リストン領では、放送局ができてから一年以上掛けても、そこまで普及してなかったはずだから。

「――では、これからの一年間で、各領地で魔法映像《マジックビジョン》普及率一割以上を目指しましょう」

…………

「無理では？」

目標を掲《かか》げた姫君本人には立場上否《いや》とは言えないので、私は他人事《ひとごと》のように紅茶を飲みスコーンを食べている兄に言ってみた。

今魔法映像《マジックビジョン》は、かなりの速度で広まっているそうだ。

私やヒルデトーラ、レリアレッド、もちろん放送局の人間などの努力が実り、存在そのものを知らなかった一般人《いっぱんじん》が魔法映像《マジックビジョン》に触れる機会も増えてきたからだ。

だがそれでも、一年間で各領地の人口の一割に普及、それができるかと問われると……難しいだろう。

何せ一割ということは、単純に考えて十の家庭に一つは魔晶板がある、という状態だ。

魔晶板は依然《いぜん》として高値を保っているし、魔晶板を動かす魔石だってタダではない。

その辺を考えると、庶民のサイフではとてもじゃないが……という私の心情を察してか、兄も気軽に同意した。

「ああ。私も正攻法《せいこうほう》では無理だと思う」

正攻法では……あ、なるほど。

「正攻法以外の方法があるんですね？」

これまでは、とにかく魔法映像《マジックビジョン》に出演することで、私と魔法映像《マジックビジョン》の知名度を上げることを考えていた。

それ以外のことは周りがするので、何も考えていなかったが――そこに手を入れようと。

そういうことか。

「その通りです」

ヒルデトーラは、出演以外の方法で普及活動をしようと考えているようだ。

そうか、確かにそっちは手付かずのままである。何かできることがあるかもしれない。

果たしてヒルデトーラは、どこに手を入れようというのか――

「――その方法を皆で考えましょう！」

えっ？

まさかの無計画？

ヒルデトーラから堂々放たれた投げっぱなしの言葉に、しばし呆然《ぼうぜん》としてしまった。

言い方からして何か計画があると思うじゃないか。

それも、画期的かつ悪魔的閃き《あくまてきひらめ》と言わざるを得ないような、邪道《じゃどう》や邪悪《じゃあく》といったタブーと紙一重のアイデアがあると思うじゃないか。

なのに、ないらしい。

……ないのか。

そうか、ないのか。

いや、まあ、仕方ないことか。

いくら大それた野望を口にしようと、彼女とてまだ十歳にもならない子供である。

そう都合よく天啓《てんけい》が降りてくることもないだろう。

急に「魔法映像《マジックビジョン》の普及率を上げる方法はないか」と言われたところで、具体案など出るわけがない。

なので、今日のところは顔合わせ程度で解散となった。

魔法映像《マジックビジョン》とはあまり関係ない雑談をしつつ紅茶とスコーンを片付け、紅茶専門店を出る。

そして、兄ニールとヒルデトーラの案内で、私たちはアルトワール学院小学部の敷地《しきち》へとやってきた。

メインストリートから大きく外れた場所だ。

いつしか高い壁《かべ》があり、それを横目に延々と続くそれを辿《たど》るように行くと、ようやく大きな門が見えてきた。

ここがアルトワール学院の正門である。

門は開かれていて、敷地の内外に子供と大人の姿がちらほら見える。

「わたくしは城から通っていますので、ここまでです。新学期に会いましょう」

兄とは同級生だというヒルデトーラはそんなことを言って、敷地の内外を分かつ通りに待たせていた馬車に向かい、乗り込んだ。

「ごきげんよう」

姫君が窓から手を振ると、馬車はゆっくりと走り出した。

……やれやれ。行ったか。

王都に到着してすぐに姫君の襲来《しゅうらい》か。いきなり疲れてしまったな。

魔法映像《マジックビジョン》に関わる限り、彼女とはこれから濃く長い付き合いをしていくのだろう。

早く慣れたいし、それ以上に早く商業戦略的な方針を打ち出したいところだ。時間は有限だからな。

——そうだ。

「あなたの家は大丈夫？」

「……は？　何？」

私と同じように、ヒルデトーラを乗せた馬車を見送りひっそりと溜息《ためいき》を吐《つ》いていたレリアレッドは、険のある目を向けてくる。

なぜだか初対面……というか、港で彼女から声を掛けられた時から、敵意を感じる。

文句があるならいつでも掛かってくればいいとは思うが、さすがにそんなことはしないか。やってもいいけど。というかむしろやってほしいけど。仕掛けてくるなら子供相手でも容赦《ようしゃ》なく返り討《う》ちにしてやるけど。

「放送局の建設費よ。間違いなく莫大《ばくだい》な費用を掛けて行われたはずだわ。リストン家の財政もかなり苦しかったみたいだし。だからそちらは大丈夫？」

「はあ？　それって第五階級のシルヴァー家の財力をバカにしてるの？　見下してるわけ？」

「財政の心配をしているだけだけれど——おほん！　ごほっ、ごほっ！　んんっ！　んんーっ！　んっんっんんっ！　しつこっごほごほっ！」

危ない。これは危ない。

今私の後ろに控《ひか》えているリノキスが確かに舌打ちした。しかもしつこく五、六回した。明らかにレリアレッドに敵意を伝えるつもりでした。

「し、しつこ……？　急に何よ……」

咄嗟《とっさ》に誤魔化《ごまか》したけど、一応成功したようだ。

レリアレッドは訝《いぶか》しげな顔をしているが、私の侍女の敵意は受け取っていない。……リノキス、勝負が見えているケンカを売るな。買うのはいいけど売るな。

「そうだな。私も少し気になっている」

舌打ちの件をどう思っているかはわからないが、兄からそんな援護《えんご》が入った。

「あくまでも一般論として言わせてもらうが、第四階級のリストン家でも苦しかった。階級の近いシルヴァー家も、そこまで余裕《よゆう》はなかったと思うが」

「あっ……は、はい……」

ほんの一瞬《いっしゅん》前まで敵意剥《む》き出しの顔をしていたのに、兄に向ける表情の乙女《おとめ》なこと。ここまで露骨だとわかりやすくていいな。

「あの……――エスエラ、うちの財政のこと、何か聞いてる？」

話を振られたレリアレッドの侍女は、やはりすらすらと答えた。

「――そうですね。周辺にある浮島のいくつかを担保にお金を借りたり、当主様の娘が興《おこ》した会社から多額の投資を受けている、ということまでは把握《はあく》しています。それ以上はわかりません」

貴人という立場があるので、詳しい話が聞けるとは思っていなかったのだが。思った以上に詳しい説明が聞けてしまった。

そこまで話していいのか、ってくらいである。担保とか。

私だってリストン家のことを話す時は気を遣うのに。

「では、そちらも早急《さっきゅう》に魔法映像《マジックビジョン》業を軌道に乗せる必要があるのね」

「……ええ、そうね。でも――」

ずいっと、レリアレッドは私に詰め寄る。

強い光を宿した灰色の瞳が、まっすぐに私を見詰める。

「ヒルデトーラ様の顔を立てるために、私もあんたに協力はするわ。でもあんたには負けないから」

……？

どういう意味の「負けないから」なのかがわからないまま、言うだけ言ってレリアレッドは学院へと行ってしまった。

「――申し訳ありません」

そして、残っていた彼女の侍女が、高い身を折って頭を下げた。

「レリアレッド様は、魔法映像《マジックビジョン》で活躍するニア様のお姿を見て奮起しました。同い年であることも影響《えいきょう》し、一方的にライバルだと思っているようでして。とかく対抗《たいこう》意識が強いようなのです」

ああ、魔法映像《マジックビジョン》に関してライバルだと思っているのか。

確かに同い年で活躍している者を見ると、何を負けるかって気概《きがい》が湧《わ》いてくることはある。……なんだ、武じゃないのか。武で負けないって意味ではないのか。いずれ拳《こぶし》でねじ伏《ふ》せてやる的な宣言じゃないのか。

「今後も行き過ぎた発言があるかもしれませんが、あくまでも対抗心《たいこうしん》。悪気はないので、どうか温情を掛けていただけるとありがたいです。

しかしもちろん、腹に据《す》えかねるなら一言ください。私から制裁を加えておきますので。どうかご容赦ください」

ふうん……まあ私は別に、仕事に障《さわ》らないならあれでも構わないけど。

「あなたも大変そうね」

「気遣《きづか》いのお言葉、ありがとうございます――失礼いたします」

今一度深く頭を下げると、侍女は荷物を持って早足でレリアレッドを追って行った。

「――なんなんですか、あのシルヴァー家の生意気な娘は。お嬢様《じょうさま》、あんな子供やっちゃいましょうよ」

「――やめなさい」

リノキス、耳元でボソボソ物騒《ぶっそう》なことを言うな。……最近、撮影の時も気に入らないことがあるとぶつぶつ耳打ちしてくるんだよな。反抗期《はんこうき》だろうか。

「いいじゃないか、レリアレッド嬢。ニアの友達によさそうだ」

兄は呑気《のんき》である。侍女が物騒なことを言っているのに、気づいているのかいないのか。

「そう？」

兄の言葉は当たるだろうか。私はどっちでもいいけど。

でも、友達になるかはわからないが、問題はやはりリノキスだろう。私の与《あずか》り知らないところでやらかさないといいのだが。

「――あんなのと友達になんてなりませんよね？　私は嫌《いや》ですよ」

「――だからやめなさいって」

私の味方なのはわかるが、過激なことを言わない。

……まあ、リノキス以上に過激なことを考えている私が言えることでもないか。

あーあ。

早く強者を殴ったり蹴《け》ったりしたいなぁ。

ニア・リストン

病によって死んだ幼女の体に、記憶のない英雄の魂が入り蘇った存在。
戦いに飢えており、強者との死闘を望んでいる。

Status

年齢

6歳

肩書・役職

第四階級リストン家の娘
魔法映像に出てる人

好きな戦い方

無手こそ最強。

前世からの生きがい

強くなること、鍛えること、
己より強い者と戦うこと。

もっとわかりやすく
言いましょうか？
私は今、喧嘩を売っているのよ

第二章　そして学院生活が始まった

「新入生の方は、まず受付へ向かってください」

学院の紋章《もんしょう》が刺繍《ししゅう》してある腕章《わんしょう》を付けた大人が、校門前に溜《た》まっている人たちに声を掛けた。私とリノキスもそれに含《ふく》まれていることだろう。

「じゃあニア。これから準備などで忙しくなるだろうから、一旦《いったん》別れることにしよう」

荷解《にほど》きや生活の用意等々を考慮《こうりょ》して、兄ニールとリネットはさっさと行ってしまった。

まあ、これから同じ場所で生活するのだ。兄とはいくらでも会う機会があるだろう。

兄を見送り、所々に立っている腕章を付けた職員の指示に従い、恐らくレリアレッドも先に行ったであろう受付に向かう。

天気がいいからか、受付は屋外に用意されていた。

日除《ひよ》けのテントの下にテーブルなどを並べて、そこで受付をするらしい。

さっと書類に名前を記入して、終わった。

そして受付を済ませた証《あかし》である木札を渡《わた》される。

「――あなたは貴人用の宿舎へ向かってください」

そういえば、貴人と庶民で席を並べて学ぶとは聞いていたが、泊《と》まる寮はまるっきり違うそうだ。

貴人の子供は、身の回りの世話をする使用人を一人連れてくることが許可されている。なので私もリノキスを連れてきたし、兄ニールにもリネットが付いている。

貴人あるいは金持ちの商人の子などが入る宿舎は、自分用の部屋と、隣《となり》に使用人用の小部屋がある造りとなっているとか。

広大な敷地《しきち》を持つアルトワール学院だが、どうやら中学部も高学部も、同じ敷地内に校舎や宿舎があるようだ。

もっとも場所はかなり離れているそうなので、わざわざ会いに行く、会いに来るくらいじゃないと、中学部生や高学部生と遭遇《そうぐう》することはなさそうだ。

一応、屋内と屋外の運動場や訓練場、特殊《とくしゅ》な施設《しせつ》がある教室などは共用のようだが、それこそかち合わないよう教師側がちゃんと調整してくれている。

そんなこんなで、小学部貴人用女子寮《じょしりょう》に到着した。

中に入ると、まず椅子やテーブルがある休憩所《きゅうけいしょ》があった。食堂は別にあるそうだから、ここで食事をするようなことはないだろう。まあ、ホテルのロビーみたいなものか。

何人か貴人の娘っぽい子供がいる。

確か、在校期間は六年。私は今六歳で、卒業するのは十二歳である。

――子供の六年は長いし、意味も大きい。

私はまだまだ小さな幼児のようなものだが、ここで最上級生となる十二歳ともなると、身体の大きさも顔つきもだいぶ成長しているはずだ。それこそ身体だけなら大人に負けないくらい育っている子もいるだろう。

まあ、身体が大きいだけで強くなれるなら苦労はないが。

たかがでかいだけの輩《やから》など、私の方が圧倒的《あっとうてき》かつ他の追随《ついずい》を許さないほどに強いのは動かしがたい事実。なので歳の差なんて些細《ささい》なものは、特に気にする必要はないだろう。六歳差？　私にとっては微々《びび》たる誤差だ。

「――お嬢様、あの方が管理人では？」

リノキスが指差す先に、椅子に座る子供たちの輪の中、一人だけ大人がいる。

若い女性のようだが、こちらには気づいておらず、子供たちと一緒に何かを見ている。

「管理人の方ですか？」

歩み寄って声を掛ける、と同時に、彼女らが何をしていたのかがわかった。

魔法映像《マジックビジョン》を観ていた。

しかも私が出ている「ニア・リストンの職業訪問」で、去年の夏に昆虫《こんちゅう》採集をした回を観ていた。再々々々……それくらいの再放送だと思う。放送できる番組がまだ少ないから。

「え？　……え？」

子供たちも管理人も、私を振り返ったり魔法映像《マジックビジョン》を観たりと、少々混乱しているようだ。

そうだね、どっちを見ても私がいるから。なんか変な感じはするね。私は自分が出ている映像がちょっと恥《は》ずかしいくらいだけど。

「……ニア・リストン、さん？」

「はい。今日からこちらでお世話になります」

「ええええええええっ!?」

いや、驚くようなことではないだろう。管理人も。子供たちも。

私だってアルトワールの子供なんだから、そりゃ寮にも来るだろう。国民の義務だし。

「ほ、ほっ、ほんもの！　ほんもの！　ほっほんものぉ！」

「ほんとに髪《かみ》白いんだ！」

「やだほんものかわいい！　かわいい！」

だろう？

子供たちよ、可愛《かわい》い実物が来たぞ。

でも美貌に関しては兄の方がもっとすごいが。

――こういう反応を見ると、それなりに有名になったな、と実感が湧くというものだ。


管理人――寮長《りょうちょう》カルメに木札を渡し、代わりにカギを受け取った。

「ニアちゃんはもう六歳になったのね。月日が流れるのは早いわね……」

寮長は、初期の頃の「職業訪問」から私を観ていたそうだ。

ここはアルトワール王国の王都、言わば王族のお膝元《ひざもと》。そして次代を担《にな》う子供たちが集う学び舎だ。

そんな場所なので、国を挙げて普及を目指している魔法映像《マジックビジョン》も、子供たちに慣れさせるため早々に導入されたそうだ。

学院には早めに魔晶板《ましょうばん》が設置されていたおかげで、寮長から上級生まで、私の病復帰宣言から観ている者は多いそうだ。

私が初めて魔法映像《マジックビジョン》に出た日から、だいたい一年と半年くらいである。

気が付けばそんなに時間が経っていた。

寮長ではないが、私もしみじみ言いたくもなる。

ニアの仇《かたき》である病の奴《やつ》めを絞《し》め上げてから一年以上、とにかく必死でやってきたな、と。

「在学中も撮影には行くと思います。色々と面倒《めんどう》を掛けてしまうかもしれませんが、これからよろしくお願いします」

「ええ、ヒルデトーラ様からも言われているから。困ったことがあったら遠慮《えんりょ》なく相談してね」

すでにヒルデトーラの手が回っていたか。まあ私の「よろしく」よりは、王族の言葉の方が効果があるだろう。

「あ、ということは、さっき来たのはやっぱりレリアちゃんだったのね」

どうやら寮長は、レリアレッドには気付かなかったようだ。

まあ、私の活動は一年以上で向こうは半年足らず。映像に出ている時間の差が、そのまま世間の認知《にんち》の差ということなのだろう。

……それにしてもこの寮長、かなり強いな。よく鍛《きた》えているようだ。今まで見た人の中では一番強いかもしれない。子供たちの護衛という側面もあるのだろう。

――まあそうであっても、畑の雑草むしりの方がよっぽど苦労するってくらい楽に勝ててしまうが。強者はなかなかいないものだ。

寮の部屋は広からず狭《せま》からず、という感じだ。

「お嬢様。これから二人きりの生活がスタートしますね」

「そうね」

「言い換《か》えると同棲《どうせい》生活のスタートですよね」

「なぜ言い換えたの？」

「とりあえず寝ます？　一緒に」

「そういうのはいいから早く荷物を解きなさい」

そろそろ一度どういうつもりなのか問い詰めた方がいいかもしれない類の話をしつつ、リストン家から持ってきた荷物を、リノキスと一緒に整理していく。

まあ、型をやる分には充分《じゅうぶん》な広さだな。組手にはさすがにちょっと狭いかな。

ただ個人用の小さな風呂《ふろ》とトイレが付いているのは、かなり嬉《うれ》しい。特に風呂があるのがいい。魔石が必要ではあるが、いつでも湯を張ることができる。

これでどんな時間でも鍛錬ができるというものだ。

「――ありがとうございます。貴人用の宿舎には個人用のお風呂なんてあったんですね。私は庶民用の宿舎で過ごしたので、共同浴場を使っていましたよ」

リノキスにも風呂を使っていい旨《むね》を伝えると、礼の言葉とともにそんな返答があった。

「それで、これからどうします？　寝ます？　一緒に」

「必要な物を買い揃《そろ》えるって言ってなかった？　それに制服も」

着替《きが》えなどはたくさん持ってきたが、細々した物は王都で買う予定となっている。制服も仕立て屋に頼《たの》んである物を取りに行かねばならない。

そして、昼過ぎには身体測定があると言っていた。毎日やっているので新学期までに受ければいいと言われたが、できればそれにも参加したいところだ。

ゆっくりするのは、やるべきことをやってからだ。

「必要な物？　こだわりがないなら、学院の購買部《こうばいぶ》でだいたい揃うと思うわよ」

荷物の整理をしたあと少し休憩《きゅうけい》して、予定通り買い物に出ようとしたところ。

まだ一階ロビーにいた寮長カルメに会ったので、学院や寮で使う道具類をどこで買えばいいかと聞いてみたところ、そんな返事が返ってきた。

また会った、というよりは、彼女は新入生の案内役として、あえて目立つようここにいるのだろう。

「購買部、ですか」

学院で扱《あつか》っているなら、それが学院指定の道具類ということになる。

ならば私はそれでいいだろう。

別に高級品を求めるでもデザインを求めるでもないし、無駄な出費は省きたい。

特に制服なんて非常に高価なくせに、毎年仕立てねばならないのだ。

毎年新しく仕立てる義務はないが、そういうのが貴人のステータスだのマナーだのに繋がっているらしい。王侯《おうこう》貴族なんて連中はだいたい見栄《みえ》っ張りだから。

貴人らしさなど私はどうでもいいが、両親や兄に恥《はじ》を掻《か》かせるわけにはいかないので、基本は慣例に倣《なら》おうと思っている。これぞ、というこだわりもないしな。

まあ、それはさておきだ。

「だったら外に行く理由はそんなにないですね」

購買部で揃えられるなら、学院の外に出る理由は、制服の調達だけだ。

店側から「できれば店で袖《そで》を通して身体に合っているか確かめてから渡したい」と要望があったので、私が直接行かねばならない。それが面倒と言えば面倒か。

取りに行くだけならリノキスに頼んでもいいし、宅配業者に頼んでもいいのに。

どう考えたところで行くしかないのだが、そんなことを考えていた時。

「また会ったわね」

「あ、ニア……」

また彼女と会ってしまった。

同じく新入生で、しかも同じ時刻に到着しただけに、またしても赤毛の彼女――レリアレッド・シルヴァーと遭遇してしまった。

レリアレッドはやや不満げな表情ではあるが、さっき私に言うべきことは言ったので、無駄に気負っていたであろう敵愾心《てきがいしん》が薄《うす》くなっている。あるいは侍女に注意されたか。

「あなたも買い物？」

「ええ。それと制服を取りに行くの」

ああ、買い物の内容まで一緒なのか。

もしかしたら制服を頼んだ仕立て屋も同じだったりするのかな。制服を扱う店自体そう多くないし。

「シルヴァー領《りょう》《ち》の撮影班も来てるのよ」

ん？

「撮影班が？」

「そう。私の初制服姿をぜひ放送したいんだって」

ふむ……なるほど、初めて制服を着る姿の撮影か。

それは気付かなかったな。

指示をくれなかった両親もベンデリオも、撮影班の若い監督《かんとく》たちも、軒並《のきな》み気付かなかったのだろう。

こういう大きな節目やイベント、祭りなどは見逃《みのが》せない。ほんの少し映像に出たりするだけでも反響《はんきょう》が大きいのは、これまでの撮影で証明済みだ。

つまりは。

「――お嬢様、これは行くしかないかと」

「――ええわかってる」

リノキスが囁《ささや》くが、言われるまでもない。

これは間違いなく好機である。今映像に出ることで私の認知度も上がり、今年の入学生にも在学生にもある程度アピールすることができるだろう。

貴人たちの認知度はそれなりに高いはずだが、庶民にはまだまだ未知の技術のはず。シルヴァー領のチャンネルでも出演して得することはあっても損はないだろう。

「私も出ていい？」

「は？　あんたが？　なんで？」

おっと、心の底から滲《にじ》み出たかのような嫌そうな顔を。子供にしては渋《しぶ》い顔だ。

「魔法映像《マジックビジョン》の普及に協力するんでしょ？　私とあなた、早めに仲が良いところを見せておけば、今後もやりやすいわ」

「別に仲良くないじゃない」

まあそれはそうだが。

「これから仲良くなるんだからいいじゃない」

「ならないと思うけど！　──あ、何⁉　なんで手を掴《つか》むの⁉　離っあ、思ったより力が強いっ」

「さあ行きましょう。仲良く手を繋いで行きましょう。抵抗《ていこう》すると痛いわよ」

「いたたたたたたわかったわかった行くから手首捻《ひね》らないで！　手首！」

よし合意。行こう。

リストン領《りょう》の撮影班は、今は王都にいないはず。

だがここでシルヴァー領の撮影班に撮《と》ってもらえば、結果としてリストン領でも映像は流れる。チャンネルを合わせてくればな。

どうせ再放送も多いだろうから、どこかのタイミングで観てくれる人も多いはずだ。

これで初制服姿のお披露目《ひろめ》というイベントを、なんとかこなすことできそうだ。

寮長に「仲がいいわね」と笑顔《えがお》で見送られた私たちは、連れ立って寮から出た。

レリアレッドは「仲良くない！」と反論していたが。無駄な努力を。手を繋いで連れ立って歩いているのだ、仲が良くないなど誰にも言わせない。まあ言われても構わないが。

向かう先は、制服を頼んだ仕立て屋である。

シルヴァー領の撮影班がどこにいるかは、道中レリアレッドから聞き出せばいい。仕立て屋が違っても構わず映ってやろう。逃がさんよ、絶対に。

「――あの。ニア様、ちょっとよろしいですか？」

レリアレッドの手を離す気はない私に、後ろからついてくるしかない彼女の侍女が、上背がある分だけ上から声を掛けてきた。

「何か？」

文句でも？　と付けてもよかったが、無駄に攻撃的《こうげきてき》になる必要もない。

……それにしても、彼女は護衛も兼《か》ねているはずなのに、レリアレッドを助けようとはしないのだろうか。

まあ、揉《も》めるほどのことでもない、と思っているのかもしれないが。

「――もしよろしければ、兄君もお呼びになればいかがでしょう？　さすがに今からリストン御夫妻《ごふさい》を呼ぶのは無理があるかと思いますが、こういう私生活の一面は、お傍に肉親がいると受け手の印象もかなり違いますよ」

ほう。兄か。

言われてみると、確かに兄が、というか肉親がいるいないは大きい気がする。「家族の祝福の中」とか「家族に見守られて」とか、そういう綺麗な言葉を添えて学院入学や制服姿を映像に流すことができるから。

でも、兄はなぁ……。

「そ、そうよ。呼びなさいよニール様。そもそもあんたたちって」

「え？」

「いたたたっ。いったんちょっと手を離して！　逃げないから！」

「それより兄がなんだって？」

「だからいったん離……あ、離さないんだ⁉　離す気ないんだ⁉　くっ、すごい力でっ……ま、まあいいわ。絶対これ以上捻らないでね。撮影の前に泣きたくないから……」

よっぽど痛いようで、いよいよレリアレッドは弱気になってしまった。子供を泣かせるのは罪悪感があるな。それでも離すつもりはないが。

まあ、それより今は兄のことだ。

「あんたたち仲悪いの？　ほら……あんたの病気が治ったたって言って魔法映像《マジックビジョン》に出た時から、ニール様出てないでしょ。

お互いに嫌いで共演するのが嫌とかそういうわけ……でもないわよね？　ニール様、港までもあんたを迎えに来てたくらいだし」

まあ、仲は悪くないと思うが。

そもそも共演がないのは、兄に過激なファンが付いたことで、彼が撮影を敬遠し出したのが原因だ。

もちろん兄は学院もあるし、なかなか撮影の時間が取れなかったのも事実である。が、初回以降共演がなかったことは、兄の意思である。

ちなみに問題のファンレターは、さすがに一年以上も経った今現在、忘れた頃に一通二通届くくらいである。私が把握している範囲《はんい》では、だが。

「お兄様はあまり出たくないみたいなのよ。でも――」

でも、今回は兄の意思は却下《きやっか》だな。

魔法映像《マジックビジョン》普及のために、そしてリストン家のために。

兄にもリストン家の長男として、協力してもらうべきだ。今手軽に呼べる肉親は彼しかいないのだから。代わりがいない以上、出てもらうしかない。

「リノキス。私たちは先に仕立て屋に行くから、兄を連れてきて」

「わかりました」

「――絶対に連れてきて。何があろうと。意味はわかるわね？」

「――もちろんです。すべてはお嬢様の……いえリストン家のために」

主従の結束を感じさせるやり取りを、レリアレッドはなんとも言えない苦々しい顔で見ていた。

リノキスはただの侍女じゃなくて私の弟子《でし》でもある。だから扱いはこんなものである。

こうして、シルヴァー家のレリアレッドと一緒に、仲睦《むつ》まじく新しい制服に袖を通すニア・リストンと。

それをなごやかに見守るレリアレッドの姉二人と、私の兄ニール・リストンと。

まさにシルヴァー家とリストン家が懇意《こんい》にしている証拠《しょうこ》たる「領主の娘の入学準備と、家族ぐるみの付き合い風景」映像は、無事撮影されて放送されることになった。

シルヴァー領のことは知らないが、リストン領ではなかなか評判がよかったそうだ。

特に、寮長カルメが少し触れた、「かつては病床《びょうしょう》に臥《ふ》していたニア・リストンの成長記録」という意味で、思ったより評価が高く反響も大きかったとか。

そして兄にはまた多数のファンレターが届きはじめ、彼はますます魔法映像《マジックビジョン》から遠ざかろうとするのだが、それはもう少しだけ先の話である。

「昼食、付き合いなさいよ」

制服の試着を終え、撮影も滞《とどこお》りなく進み。

これから撮影のためにやってきた姉たちと食事に行く、というレリアレッドに、今度は私が付き合わされた。

――撮影中はお互いにらしく振《ふ》る舞《ま》ったが、実際は今日ついさっき会ったばかりの仲だ。

特に私は、無理やり撮影に割《わ》り込《こ》んだ形であるため、ちょっと断りづらかった。

「……はあ……私は先に帰るよ……」

兄も撮影中はらしく振る舞ってくれたが、実際は連れてきた時からうつむきがちだった。

なので、撮影が終わったら当然のように、またうつむきがちになってしまった。

やはりどうしても、彼は魔法映像《マジックビジョン》には出たくなかったのだろう。ファンレターの恐怖《きょうふ》が再び始まりそうだから。というか確実に再開するだろうから。

だが仕方ない。彼はリストン家の長男なのだから。

今後出る予定はまだないが、しかし確実にまたその機会は来るのだ。

――というわけで、兄は帰ったが。

私はレリアレッドの姉二人……長女と三女とともに、食事に行くことになった。

とある高級レストランまで連れて行かれ、テーブルに着く。なお個室ではない。

私の侍女であるリノキスと、レリアレッドの侍女にはしばしの暇《ひま》を出し、別の場所で昼食を取ってくるよう言い伝えた。

リノキスは離れたくなさそうだったが、今回は行かせた。彼女と私は少し距離を取るべきだと思うから。

並ぶシルヴァー家の姉妹《しまい》を見る。

三人とも見事な赤毛で、言外《げんがい》に家族であることを物語っている。次女とは会ったことがないが、いずれ会う機会も来るかもしれない。

「改めまして。お久しぶりです、ニアさん」

「こちらこそ」

長女とはシルヴァー領の放送局が開局した時、会っている。

名前は確か、ラフィネだったかな。

ラフィネ・シルヴァー、だったと思う。

歳は二十代半ばくらいか。大人の女性らしく、化粧《けしょう》が上手《うま》かったり発育がよかったりオシャレだったりと、まさに貴人の淑女《しゅくじょ》という感じだ。やや気が強そうなところも含めて。

だが、三女と会うのは初めてである。

ラフィネは大人の女性という感じだが、こちらは細長い印象が強い。姉妹揃ってやはり気が強そうな顔立ちで、それと相まって少年のような雰囲気《ふんいき》がある。

「私は今年から中学部三年生なの。名前はリリミ・シルヴァー。よろしくね」

「こちらこそ。ニア・リストンです」

返答しつつ、リリミを観察する。

……ふむ。彼女は、やはり素手《すで》で戦う身体を作っているようだ。非常に筋肉と脂肪《しぼう》と体幹のバランスがいい。

無理に鍛えすぎず、しかし手を抜《ぬ》いていないことが窺《うかが》える。そう、やりすぎないことも大切な修行《しゆぎよう》なのだ。

だが惜《お》しいな。まだまだ根本的に弱い。

これなら一年前のリノキスの方がまだ強かっただろう。

「リリミ姉さまは強いのよ。去年の中学部の武闘《ぶとう》大会で準優勝してるんだから」

「えっ」

これで？　この程度で？　……その武闘大会とやら、大丈夫か？

「驚いたでしょ？」

レリアレッドは勝ち誇《ほこ》ったような顔をしているが……まあ、驚いたといえば驚いたので、頷いておく。

「お姉さまは天破流《てんはりゅう》の門下生で、私も去年から習ってるのよ」

ああ……天破か。

「その天破って流派は…………いえ、なんでもないです」

――その天破って流派は本当に強いの？

……なんて、そんな無礼なこと言えるわけがない。

武闘家にも矜持《きょうじ》があるし、礼儀《れいぎ》もあるからな。さすがの私もそれは言えない。

撮影ばかりしてきた一年の間で、時々「天破流」という名前を聞くことがあった。素手で戦う武術の流派として有名で、門下生も多く、また強者も多いとか。

正直楽しみでしかなかった。

話を聞けば聞くほど、すぐにでも手合わせをしに飛んでいきたいくらいだった。

しかし。

天破流の使い手とは何人も会ったが――誰一人《だれひとり》として強い者がいなかった。

私が出会った連中が弱かっただけなのか、それとも流派自体がそんなものなのか。

なんでも、極《きわ》めし始祖の拳が天を射貫《いぬ》く雷《かみなり》のような轟音《ごうおん》を放つことから「天破」と名付けられたらしいが……

——私と同じ境地に辿《たど》り着いたのなら、弱いわけがないんだがな。

まあ、私は更にその先へ行った、ような気がするが。

天破のそれは恐らく「氣拳《きけん》・雷音」だろう。でもあれは派手な割に威力《いりょく》がいまいちだった。見せ技としては優秀《ゆうしゅう》かな、みたいな技だったと思う。

……天破はもういいかな。

貴重な武術の流派であろうとも、弱いのであれば興味はない。

「あんたもやってみる？　力は強いみたいだし」

「いえ結構。間に合ってるわ」

天破流には会えても、強い者とは会えないばかりで、がっかりが続いている。もう期待しない方がいいだろう。

「そういえば」

と、リリミが口を開く。

「今年の新入生の身体測定に、師範代代理《しはんだい》が参加しているよ」

ん？　師範代？

「門下生集めの一環《いっかん》ね。小、中、高学部まで、天破流のクラブがあるから」

クラブ？　いやそれよりだ。

「師範代代理、ということは――強いの？」

何せ、師範代の代理である。弱いわけがない。

「もちろんよ。私なんて足元にも及ばないくらい……っ」

おっと。

「失礼」

それなりに盛況《せいきょう》だった店内が、一瞬しんと静まり返ってしまった。

うっかり少し私の闘気が漏れてしまったかもしれない。無駄に威圧《いあつ》してしまったかも。

そうか。がっかり続きの天破流の師範代代理が、手の届く場所にいるのか。

……じゃあ、今度こそ少しだけ期待してみようかな。


「――ニア様はどういう方なんですか？」

制服絡みの撮影が無事終わり、シルヴァー家の姉妹とニア・リストンが同席して昼食を取っているのとは別の場所。

昼食の時間のみ暇を出された侍女たちは、レストランが見える近場の喫茶店《きっさてん》にいた。窓《まど》際《ぎわ》のテーブルに着き、警戒《けいかい》しつつ食事をしている。

ニア・リストンの専属侍女であるリノキスと。

レリアレッド・シルヴァーの専属侍女エスエラである。

──エスエラ・ブランケット。

シルヴァー家に仕え、今年からレリアレッド・シルヴァーに付くことになった、長身の侍女である。

一応ブランケット家は第八階級の貴人だが、そこの三女ともなれば、庶民とほとんど変わらない。

アルトワール学院中学部を卒業した後、父親の命令で、知己《ちき》があるシルヴァー家に奉公《ほうこう》に出された。それが五年前である。

五年前──学院生活で天破流という武術に出会い傾倒《けいとう》していたエスエラは、なんだかんだあってシルヴァー家の三女リリミに天破流を教えた身である。

そして今は、レリアレッドに教えている。

言わば彼女は、三女リリミと、末娘レリアレッドの師とも呼べる存在なのである。

「どういう、とは？　どういう意味ですか？」

貴人家の侍女という立場上、粗相《そそう》があれば家の恥になる。

ただの世間話かと思えば、結果的に重要な情報を漏らしてしまうこともある。

侍女同士が流れで一緒に食事をすることになってしまったが、気が抜ける時間ではないことだけは確かである。だからお互い警戒している。

シルヴァー家とリストン家。

以前は付き合いがあったが、リストン家の前当主が早々に引退。それからは家同士の付き合いはあまりなくなった。季節の挨拶を手紙で交《か》わす程度だ。

だが最近では魔法映像《マジックビジョン》の放送局絡みで、密に連絡《れんらく》を取り合っている。

その辺の交流があったおかげで、ついさっき行われたシルヴァー領の撮影に、ニア・リストンが飛び入り参加することができたのだ。

当人同士の意思はともかく、家同士の仲が悪ければ、飛び入り参加なんて叶わなかっただろう。下手をすれば「撮影の邪魔《じゃま》をした」などと慰謝料《いしゃりょう》を請求《せいきゅう》されかねない。

「あの方、強いですね。それも尋常《じんじょう》じゃないほどに」

注文を済ませ、料理がやってくるまでの間、エスエラはそんな話題を振った。

「あなたが教育を？」

ニア・リストンは六歳である。

さすがに、彼女が元から強いとはエスエラには思えなかった。実際は元から強いのだが。

だから、自分と同じように侍女が付きっきりで鍛えているのか、と。そう考えた。

ニアも強いが、リノキスも強い。

やり合えばなかなか良い勝負ができそうだ、とエスエラは思っている。

まさか六歳児がリノキスより強いとは、さすがに思えない。

実際は弟子入りしているくらいなのだが。

「まあ、当たらずとも遠からずです」

色々と説明に困るし、きっと真実を告げても信じられないだろうから、リノキスは適当に言葉を濁《にご》す。

「私もレリアレッド様のことが気になりますね。なんでもニアお嬢様をライバル視しているとか……？」

「ええ。あの方は魔法映像《マジックビジョン》でニア様のお姿を観ては、何かしら感じ入っていたようなので」

「感じ入る、ですか……」

「『私の方が可愛い』とか『私の方がもっとうまくやれる』とかなんとか……」

「あ？」

「言ってましたよ、という話ですよ。私が言ったわけではありません。ですが」

低い声を漏らすリノキスに、エスエラは涼《すず》しげな顔である。

「――私も同意見ですけどね」

どういうつもりで言ったのかはわからないが、その言葉は確実に、リノキスの心に嵐《あらし》を巻き起こした。

「は？　あんな無礼な赤毛よりお嬢様の方が百倍可愛いけど？」

「あなたの中ではそうなんでしょ。あなたの中では。でも世間ではどうでしょうね」

「初対面で罵《ののし》るような躾《しつけ》もできていない赤毛の野良犬《のらいぬ》が可愛いの？　あなたの中の世間って変わっているのね」

「まだ六歳の子供なのに、子供らしからぬ落ち着きっぷりが不気味じゃない？　まるで子供じゃなくてお年寄りみたいですね。あの子、本当に若いのかしら」

——周りのテーブルに着いている客が距離を取り始めたことにも気付かず、侍女たちは見詰め合う。決して睨《にら》みはしない。穏やかに。だが目は逸《そ》らさない。

お互い、思うことは一つである。

——いずれこいつとは決着をつけてやる、拳でお嬢様の可愛さを教えてやるからな、と。

侍女たちは急に会話が途絶《とだ》えたまま食事を済ませ、言葉がないまま店を出て、口を開くことなく各々《おのおの》のお嬢様がいる高級レストランに戻《もど》る。

ちょうどデザートを食べているところで、シルヴァー家の長女ラフィネが「ぜひ自分のデザインした服を着てみてほしい」とセールストークを展開しているところだった。

――まだニアは知らないしシルヴァー領のチャンネルを観たこともないが、魔法映像《マジックビジョン》に出ているレリアレッドはファッション関係が注目されている。

格好が可愛い、オシャレ、ぜひ同じ服を着てみたい等々。

さすがに誰もニア本人には言えないが。

シルヴァー家にいる時のラフィネは、ニアを観るたびに、ダサいダサいとぼやいていた。格好がダサい、自分ならもっと輝かせられるのに、と。

ちなみにニアの撮影用の衣装《いしょう》は、派手すぎないドレスであることが多い。もしくは訪問先の作業着だ。

いわゆるリストン家の娘の、よそ行きの格好である。

ダサいというよりは、昔からよく見る典型的かつ古典的な貴人の娘の格好なので、新しいデザインなどを考案するような者にはつまらなく見えるのだろう。

「――お嬢様。お食事がお済みなら……」

早く帰ろう、と。

リノキスがニアに囁くと、ニアはこう答えた。

「買い物にも付き合えって言われているの。今日はもう身体測定は無理ね」

「……そうですか」

侍女同士の仲が悪くなろうと、お嬢様同士の仲まで悪くなる必要はない。

というか、そこが本気で揉めたら、侍女同士でやり合っている場合ではなくなる。

今日会ったばかりだし最初こそレリアレッドの敵意が見えたが、今やお嬢様同士はそれなりに上手く交流ができているようだ。

この様子なら、よほどのことがなければ、今後こじれることもないだろう。

これでいいのだ。

これで。

ふと視線を上げたリノキスは、テーブルとお嬢様方を挟んで真正面にいるエスエラと、目が合う。

「――……」

「――……」

互いの目が語っていた。

――いずれやってやるからな、お嬢様の可愛さと素晴《すば》らしさをその身体に叩《たた》き込んでやるからな、と。

あと数日で入学式である。

もうじき正式に学院生活が始まるわけだが、その前に、私がやっておかねばならないことが幾《いく》つかある。

制服の準備、教科書の受け取り、その他必要な道具や生活用品類の調達がそれに当たる。

ちなみに教科書などは貴重品で、学院から借りるという形で受け取る。

粗末《そまつ》に扱うだけで非常に怒られるそうだ。もちろん紛失《ふんしつ》したら弁償《べんしょう》だし、紛失に至る流れや教科書の行方《ゆくえ》まで、しっかり調べられるらしい。

たぶん、あまり厳重に管理はしていないが、そう簡単には他国に渡したくない類のものなのだろう。言ってしまえば情報の塊《かたまり》だからな。

ここアルトワール王国の王都に家がない子供は、全員寮で生活することになる。

だが王国中から浮島問わず子供たちが集められるので、王都に住んでいる子供なんてほんの一握《ひとにぎ》りである。たぶん一割前後だろう。多くはないはずだ。

――まあそんなこんなで、だ。

「行くわよニア」

「はいはい」

今日もあの子は元気だな。

なんだかんだでそこそこ打ち解けたレリアレッド・シルヴァーと背の高い侍女を追って、

私たちも歩き出す。

お互い侍女付きだ。まだ新学期に入っていないので、侍女を連れて歩いてもいいことになっている。まあ私は一人の方がよかったが……リノキスが駄々《だだ》をこねるから仕方なく連れてきた。

まだ少々肌寒《はださむ》い春先だが、私とレリアレッドは半袖《はんそで》シャツに短パンという、防寒にも防《ぼう》御《ぎょ》にも効果が薄い恰好《かっこう》をしている。

そう、これから身体測定に臨むのである。

レリアレッドは身体に合わせた特注品だが、私は購買部で買った体操服を着ている。すぐに身体も大きくなって一年くらいしか着られないので、私はこれでいい。

運動場へ向かうにつれて、同じ体操服を着た子供たちが増えていく。

次第《しだい》に大きくなる人の流れに乗って、私たちも進んでいく。

――私たちに向けられる周囲の視線は、三種類あるようだ。

一つは、ただの同級生として普通に見る場合。

二つ目に、魔法映像《マジックビジョン》で見かけるニア・リストン、レリアレッド・シルヴァーとして物珍しげに。

最後は、侍女付き……つまり貴人の子としての畏怖《いふ》だ。

いくら昨今は階級制度の意味合いが弱まってきているとはいえ、王族を含め、表立って揉めたくない、関わりたくない人種なのだろう。

まあ何にせよ、気にする必要はないだろう。殺気を向けられているわけでなし。

運動場では、いくつかの区分に分かれて身体測定が行われている。

「――はい。名前を書いて右側から運動場を一周して、またここに戻ってきてくださいね」

外にテーブルを置いているだけの受付に行き、職員から用紙を貰《もら》いその場で名前を書き込む。

用紙には罫線《けいせん》が走り、空白がある。項目《こうもく》が分かれているので、今から受ける測定結果を記入していくのだろう。

用紙を受け取り、職員が指差す方へ向かう。

ちなみに私たちの用紙は、すぐに侍女たちが回収した。紙一枚でも荷物を持たせたくないという、侍女としての矜持なのだろう。

――まず、身長と体重の測定。

「私の方が背が高いけど、ニアの方が重いのね。……でも太ってないよね？　むしろ私より細いよね？」

うん、筋肉の差だろう。筋肉は脂肪より重いから。

――次は、重りを持ち上げる筋力測定。

「お嬢様。全力でやっちゃダメですよ」

「わかってるわよ」

リノキスに注意されるまでもない。全力でやったら大人の平均さえ超越《ちょうえつ》する。

ただでさえ魔法映像《マジックビジョン》に出ていることで目立っているのだ、悪目立ちするのは良くない。

目立つなら目立つでいいが、それに相応《ふさわ》しい舞台《ぶたい》や状況というものがある。それ以外は、目立つことが悪印象を与えてしまう恐れがある。そういうものだ。

まあ、参考にできる正当な六歳児が目の前にいるのだ。

身体能力に関わることは、レリアレッドを真似るくらいでいいだろう。

――筋力測定に始まり、短距離《たんきょり》離走、長距離走とこなしていく。

「はあ、はあ、……なんで全部私より少し上なのよ……」

子供相手といえど負けたくはないからである。

特に勝ちたいとも思ってはいないのだが……というか毎回ギリギリ負けようとは思っているのだが、最後の最後で「負けたくない」が出てしまう。

まあ、武闘家なんて基本は負けず嫌いなものだからな。許してほしい。

――そして、最後の測定で、ずっと気になっていたことが判明した。

「魔力《まりょく》測定か。私、というか、シルヴァー家の女は全員『赤』なんだよね」

最後の測定は、魔力の大まかな量と性質を調べるものだ。

レリアレッドが言った「赤」とは、炎《ほのお》属性に才能があると言われる識別色である。

人は誰もが魔力を持っている。

もっと言うと、動物や魔獣なども持っているそうだ。

魔法映像《マジックビジョン》の操作も、自身の魔力でスイッチを入れたり消したりする。

だが、今は魔力の大小はあまり重要視されない。戦争などをしていた昔とは違うのだ。

いや、魔力量の多い者や、珍しい識別色を持つ者は例外なのかな。大いに就職の役に立つと聞いたことがある。

だが、それは本当に一部の例外だ。魔力は誰もが持つが、逆に誰もが魔法を使えるか、というと否《いな》なのだ。魔力量や、向き不向きもある。

そして、魔法の使い処《どころ》というのも、かなり限られている。

今はそういう時代なのである。

特にアルトワールなんて、他国から「平和ボケのアルトワール」と呼ばれるほど平和だ。

自衛のために力が欲《ほ》しい、なんて考えている者はあまり多くない。

「──はい。識別色は『赤』です」

いくつかある列に並び順番を待ち、受付の若い女性に勧められて水晶《すいしょう》に触れる。

常に私より一つ先に測定しているレリアレッドの結果は、「赤」だ。彼女が自己申告《しんこく》していた通りだ。

魔力測定のやり方は、テーブルの上の水晶に触れるだけ、という簡単な方法である。

「やっぱり『赤』か。量はどうですか？」

「そうですね……平均より結構多いですね」

ほう。ならレリアレッドは魔法が使えるかもしれないな。

「次の方、どうぞ」

そして私の番が回ってきたわけだが。

…………

薄々《うすうす》感付いていたが、私はきっと──

「……あ、あら……識別色が出ないわね……」

だと思った。

いくら水晶に触《さわ》ろうと、しつこく撫《な》で回そうと、水晶にはなんの変化も起こらない。

さっきのレリアレッドの例に従うなら、水晶の中央が識別色に染まるはずなのに。

しかしこれは予想できていたことである。

「一年以上前に死にかけてから、髪の色が戻らないんです」

きっと、この身体の魔力の回路みたいなものが、壊《こわ》れてしまったのだと思う。

魔法使《まほうつか》いは、魔力を使いすぎると髪が白くなる。

私は――ニアの身体は、それが常に起こっているのではないか。病に臥したニアが、生きるために気力も魔力も振り絞《しぼ》ったのではないか。

髪の色が戻らないな、と気にし始めた頃から、ずっとそう思っていた。

――初めての撮影の時、メイク担当の女性が、私の髪の色を気にしていた。そして父親もどうしようかと悩んでいた。

その背景が、きっとこれだったのだろう。

誰もが持つ識別色を持てなくなった。

ある種、死にかけたことによる後遺症《こういしょう》と言えるのだろう。

まあ、だからどうしたって話だが。

私はきっと前世から魔法を使えなかったと思う。だから特に欲しいとも思わない。

この歳になって今更魔法が使えてどうする、という感が強いのだ。まだ六歳だけど。

幸い魔法映像《マジックビジョン》のスイッチを入れるくらいの魔力は使える。

それだけできれば充分。魔法の素質なんて欲しくもない。

そもそも魔法による攻撃《こうげき》なんかより、殴ったり蹴ったりした方がはるかに早いしな。私はそれでいい。

それに、この後遺症はニア・リストンが必死に生きた証。言わば傷跡《きずあと》、勲章《くんしょう》だ。

ならば引け目を感じる理由などあるわけがない。


「識別色がないなんて、初めて聞いたわ」

最後の魔力測定を済ませたところで、身体測定は終わりである。あとは受付に記入済みの用紙を提出するだけだ。

「私、魔法関係はさっぱりなの。そういうものなの？」

そもそも魔法に興味がないので、私は一般常識くらいしか知らないと思う。

魔法が使えそうなレリアレッドは、もう少し詳しく知っていそうだ。特に知りたいわけでもないけど。

「そうね。魔法が使えるかどうかは別として、識別色は誰もが持っているものよ。その人の性質みたいなもの、らしいし」

「ふーんそう」

「え、何その適当な相槌《あいづち》」

「それより行きましょうか」

「それりって何？　あんたが聞いたんでしょ、聞きなさいよ。……あ、どこ行くの？」

「あなたのお姉さんが待っている所」

「……ああ、そういえば約束してたね」

正直、ずっと楽しみにしていたのだ。

期待しても裏切られるだけだとは思うが、しかし、それでも期待せざるを得なかった。

天破流の師範代代理に、これから会いに行くのだ。


昨日シルヴァー家の姉妹と食事をした時、三女リリミ・シルヴァーにはクラブの見学に行くことを話しておいた。

待ってるね、と言っていたので、今日は彼女もいると思われる。

まず受付に身体測定の用紙を提出する、と――

「今、体育館でクラブ紹介をしていますよ。興味があれば覗《のぞ》いてみてくださいね」

受付の人に勧められた。

奇遇《きぐう》というか、恐らく誰もがここで軽く誘導される仕組みなのだろう。

彼女の姉がいるし、レリアレッドも私と一緒に来ることにしたようだ。

「ねえニア」

「ニアは天破流のクラブに入るの？」

ないな。

私の拳と天破は、明らかに流派が違うと思う。だから入門する理由がない。教わることもない。自分より弱い者から何を学べと言うのか。弱者からも学べとかそんな詭弁《きべん》は聞きたくない。私はその段階を超《こ》えているからな。もう学んだ後だ。たぶん。記憶にないが。

というか、それ以前の問題か。

「気持ちの問題じゃなくて立場の問題よね。きっとクラブに掛ける時間はないと思うわ」

「うん、まあ、そうね……私は入りたいんだけどなぁ」

私とレリアレッドは、魔法映像《マジックビジョン》の仕事を継続《けいぞく》しなければならない。

第三王女ヒルデトーラとも、今後も魔法映像《マジックビジョン》業界を一緒に盛り立てる約束をしてしまったので、学院生活が始まったからといって活動を休止するわけにはいかないだろう。

――現実問題として、私にはリストン家の財政難という高い高いハードルもある。学院の寮に入ろうとも手を引くことはできない。

「レリアは強くなりたいの？」

「もちろん。あんたよりは強くなりたい」

「え？　私より？」

「顔と性格では勝ってる自信があるけど、力は負けてるからね。シルヴァー家の娘としては、全てにおいてあんたには負けたくない」

「はっはっはっ」

「なんで笑うのよ」

「うふふふふ。いえなんでも。……ふっ、ふふふ……私より強くなるの？　ほんとに？」

「なんで笑うのよ！」

どうせ敵《かな》わないとは知っているが、それでもちょっと嬉しいからだ。

バカにしているわけでもなく、見下しているわけでもなく。

――ぜひ私を超えてほしいものだ。

「何ニヤニヤしてるのよ！　絶対負けないから！」

――ぜひそうあってほしいものだ。


戦争の時代が終わり、飛行船という技術が世界の距離を縮めてくれた昨今。

未《いま》だ魔獣という人類の脅威《きょうい》があり、浮島探索《たんさく》やダンジョン攻略《こうりゃく》という危険を伴《ともな》う仕事があるため、「戦う技術」というものはまだまだ重宝されている。

兄ニールも剣術《けんじゅつ》に汗《あせ》を流していたし、学院でも「戦い方」を教える授業があるそうだ。

そしてクラブには、もっと突《つ》っ込んだ——あるいは自ら深みにハマりに行くような、授業時間以外で「戦い方」を教えてくれる同志たちが集うそうだ。

もちろん文科系や趣味関係のクラブもあるそうだが、今体育館には、荒事《あらごと》関係のクラブだけが待ち構えているとか。

——それでも、平和ボケのアルトワールでは、戦う力を求めない若者が多くなっているとか。時代を感じるなぁ。

板張りでだだっ広い体育館の中には、たくさんの新入生と、クラブ紹介と勧誘目的の大人から生徒まで大勢がいた。

これを見ると、若者の武離れって嘘《うそ》なんじゃないかと思わなくもないのだが。

「剣術《けんじゅつ》、魔法、斧《おの》、弓、槍《やり》……ね」

ざっと見回したところ、それらを得物としたクラブ紹介と勧誘が行われているようだ。

「あ、天破はあそこじゃない？」

レリアレッドが指差す先には、得物を持たない、紺色《こんいろ》の胴着《どうぎ》を着た大人の姿が見える。

「行ってくるわ」

「いや私も行くから。リリミ姉さまもいるし」

逸《はや》る気持ちを抱《かか》えて、私たちは天破流のクラブ勧誘の場に向かい――

「あ、ニアちゃん！」

すぐに待ち構えていたシルヴァー家三女リリミに見つかり、天破の胴着を着た連中の輪の中に連れ込まれた。

おいおい強引《ごういん》だな。そんなに焦らなくても遊んでほしいならいくらでも遊んでやるのに。

「――この子です！　期待の新人！」

……ん？

リリミの紹介に引っかかるものはあったが――いやそれよりだ。

「……なるほど」

大人も子供も同年代も交じっているが、特に正面の大男だ。

大柄《おおがら》で、筋肉でゴツゴツで岩そのもののような男が、噂《うわさ》の師範代代理だろう。

あのヒゲ面《づら》からして、歳は三十を超えていると思われるので、さすがに学院の生徒というわけではないだろう。

――見たところ、悪くはないが特に強くもないな。

これは体格を活かすタイプである。

技の練度より、筋肉が主体って感じか。武闘家としてのバランスが悪い。これじゃただの力任せの荒《あら》くれだ。

だがそれで弱くはない。

恵《めぐ》まれた身体もそうだが、武の才能みたいなものもあるのかもしれない。

でもまあ、私は撮影用の台本を読みながらでも普通に勝ててしまう。その程度の相手だ。

唯一《ゆいいつ》手放しで褒《ほ》められる点は、今の私が思いっきり殴っても、きっと死なないで耐《た》えきれるだろう、ということだ。

あの身体だけは、あの筋肉だけは、伊達《だて》ではない。まあ怪我《けが》はすると思うが。

「この子が、君の言っていた強い子か？」

師範代代理の大男ほか、周囲の同じ胴着を着ている連中も訝しげに私を見ている。……

素質がありそうな子も何人かいるな。素晴らしいことだ。

だが如何《いかん》せん師範代代理が弱い。これではいかな素質があろうと伸びないだろうな。

「初めまして。ニア・リストンです」

とりあえず挨拶だけはしておいた。

これからどうなるかわからないが、できれば何人か殴りたいところである。

――やはりがっかりさせてくれた腹いせにな。本当に天破はがっかりだ。

リリミがどんな勘違《かんちが》いをしているか。また、天破流の門下生たちに私のことをどう説明したのかは知らないが。

私の用件は、師範代代理を見極《みきわ》めた時点で、終わった。

やっぱりがっかりさせてくれただけの話だった。やれやれである。

こうなってしまえば、もうとっとと引き上げて外に出て、リノキスとうまいものでも食いに行くのがいいだろう。

そろそろ分厚いステーキも身体が受け付けてくれるだろうし、肉じゃなくてもいい。貴人らしさなんてないけどガッといけるうまい庶民飯もよさそうだ。

そして、食ったら久しぶりにみっちりと修行をしよう。

私自身も、リノキスも、ここ最近は満足に鍛えられていない。

撮影の仕事は、来たる入学式に向けてかなり前倒《まえだお》しして済ませたので、数日は余裕ができた。学院生活の準備期間に当てるための時間だ。

もう寮に入っているので、泊まりがけで遠くへ……というわけにはいかないが。

だが王都は広い。きっとまだ見ていない面白《おもしろ》いものもたくさんあるはずだ。

さて、そうと決まればとっととお暇《いとま》しようか。

正直何人か殴りたくはあるが、やっていいことと悪いことくらいは分別が付くつもりだ。

——私は一武闘家として、相手の武闘家にはそれなりの敬意を払う者である。

弱い武闘家相手であろうと、その誇りを一方的に汚《けが》すような真似はしたくない。

弟子の前や衆人環視《しゅうじんかんし》の前で派手に師をぶちのめす。泣くまで平手で殴る。心が折れるまで笑いながら回避《かいひ》し続けてバカにする等、そのようなことは決してしない。もうしないと決めた。……前世ではちょっとやっていた気がするが、とにかくもうやらない。

師とは、弟子の前では格好つけたいし、弱い姿を見せたくないものだから。

たとえ裏ではその限りではないとしてもだ。

——まさか六歳児に師範代代理がやられた、なんてことになれば、彼の立場がなくなってしまう。さすがにそこまでやってはいけない。

「では私はこれで失礼します」

自己紹介はしたが、よろしくと言うつもりはない。天破流に入るつもりもない。

「まあ待ちなさい。そう急がずともいいだろう」

……穏便《おんびん》にこの場を辞そうとしたのに。私を止めるか師範代代理よ。

「どうかな？　天破流に興味は？　君が我がクラブに入ってくれると嬉しいのだが」

そびえる大岩から声が降ってくる。

多くの門下生で囲んだ上で、大男が交渉《こうしょう》してくるこの光景はどうだ。本人は威圧しているつもりはないのだろうが、威圧感しかない構図である。

——私は一応敬意を払ったつもりだが、この大男は私に気を遣ってはくれないようだ。

もう面倒だからさっさと殴っちゃおうかな、弟子の前とか知ったことじゃない、と思った瞬間だった。

「生憎《あいにく》、お嬢様には私が教えていますので。他門の扉《とびら》は叩けないのです」

絶妙《ぜつみょう》なタイミングでリノキスが割り込んできた。恐らく私ではなく、師範代代理を庇《かば》うためにだ。わかっている侍女である。

「まあそういうことですね。私にはもう師がおりますので」

この辺の口裏は、かなり前から合わせてある。

私は侍女リノキスに体術を習っていて、鍛えているから強いのは当然だ、という設定で。

実際は逆だが。

私がリノキスを鍛えているのだが。

「——そうだわ。リノキス、彼と手合わせをして実力を示してあげなさい」

「えっ」

私が手を出すと誰にとっても悲惨《ひさん》で可哀《かわい》そうなことにしかならないが、リノキスと師範代代理なら問題ないだろう。リノキスはまだ十代ではあるが、大人だからな。

「あなたが彼女より強いことを示せるなら、私も主旨《しゅし》変えを検討しましょう。どうせなら強い人の弟子になりたいわ」

「いや、お嬢様、それは」

「――俺《おれ》は結構ですよ」

渋るリノキスに、我が意を得たりと言いたげに不敵な笑みを浮《う》かべる大男。

「お嬢様が言うこともっともだ。武においては強い者が弟子を導くべきだと思う」

彼の言うことにも一理ある。

だが強いだけではダメだがね。武闘家に求められるのは強さだけだと思うなら、まだまだひよっこだ。

まあ、弱い武闘家ほど無意味なものはない、というのも真理だが。

「えー……」

本当にやるの、みたいな情けない声を漏らすリノキスに、耳を貸すよう手招きする。

「はあ、なんですか」

跪《ひざまず》くリノキスに、言ってやった。

「――『氣』の使い方を見るわ。一年間で磨《みが》いたあなたの武を見せてみなさい。勝ったらご褒美《ほうび》に、あなたが食べたいものでも食べに行きましょう」

「――は、はあ……ちなみに負けたら……？」

「――丸一日の荒行《あらぎょう》ね。あなたあれ大好きでしょ？」

「――好きじゃないですっ。またあの地獄《じごく》に突き落とすつもりですか……」

おーおー、思い出すだけで身震《みぶる》いするほど大好きか。ならば師としては、ぜひその期待に応えてやらねばならないな。勝っても負けても近い内にやってあげよう。

「――露払《つゆはら》いは弟子の仕事よ。さ、行きなさい」


こちらの相談が済んだとみるや、師範代代理がテキパキと指示を出し始めた。

まず場所作り。

門下生でここら辺を囲む程度だが、狭いながら誰も入らないスペースを確保する。

そして、これから他流試合を行うことを告知し、入るクラブに悩む新入生を呼び込む。

興味を引かれる子は多いようで、結構流れてきている。

「よう。面白そうなことするんだな」

「おう。今年は天破流《うち》が多くの生徒を取るぞ」

剣や槍を持った大人たちもやってきて、師範代代理とそんなやりとりをする。

ははあ、なるほど。

私をクラブに入れたかった理由は、門下生を多く欲していたからか。

一応私は魔法映像《マジックビジョン》に出ている有名人ではあるわけだから。

だから私が所属することで、釣《つ》られて入る新入生でも当てにしていたのだろう。

「え、ちょ、何？　何事？」

急に激しく場が動き出したところで、レリアレッドが近くにやってきた。

彼女は、師範代代理との交渉の輪の外にいたので、ここまでの流れがわかっていないのかもしれない。

「私を取り合って、私の侍女と師範代代理がやり合うんですって」

「えっ⁉　ニアを取り合って⁉　何その男二人に挟まれてるイイ女みたいな感じ⁉」

「男？　よくわからないけど……ごめんね。モテちゃって」

「は、はあ⁉　はあ⁉　別に気にしてないけど⁉」

あ、そう。だったらいいけど。

「これが終わったら外に食べに行かない？」

「え、うん、それはいいけど……それよりあんたの侍女、大丈夫なの？」

眉《まゆ》を顰《ひそ》めてあらぬ方を見ているレリアレッドの視線を追うと。

そこには標準的な体格の若い女と、見上げるほど大きい岩のような大男が、向かい合っていた。

体格差からして勝てるわけがない、勝負は見えている。

そんな構図にしか見えないが。

「大丈夫よ。リノキスは強いから」

私の弟子なら、あのくらいには勝ってもらわないと困る。

まあ、どう見ても負ける要素がないので、見ても見なくてもいい先の見えた勝負だと思うが。

しかし、体格差などという表面的要素でしか見ることができない素人《しろうと》たちには、なかなか刺激的《しげきてき》な見世物になっているようだ。

自然と最前列にいた私とレリアレッドを含め、対峙《たいじ》する二人を囲むようにして、たくさんの野次馬《やじうま》が集まっていた。

「――あの方は強いですよ。恐らくはあの男性よりも」

あまりにも体格差がある見た目の対比に、レリアレッドは心配の方が強いようだ。

自身の侍女に「どう思うか？」と質問するほどに。

しかし、レリアレッドの心配など吹《ふ》き飛ばすかのように、背の高い侍女は冷静に意見を述べた。見立ては私と一緒のようだ。

「そ、そう……エスエラが言うならそうなのね」

「ね？　私が言った通りでしょ？」

「だとしてもうちのエスエラの方が強いけどね！」

……ふむ。

リノキスとこっちの侍女も結構いい勝負をしそうだが、どちらが勝つかははっきりわからないな。

この侍女は恐らく「氣」の概念《がいねん》を知っている。あるいは、そこに届くほどの武を身に付けている。それくらいできる。

だからこそ、彼女はリノキスの勝利を疑っていない。

——師範代代理のあの身体の鍛《きた》え方《かた》は、「氣」の力を度外視しているものだから。知っていればあそこまで筋肉に頼《たよ》った身体は作らないだろう。

だが逆に言うと、彼が「氣」を身に付けたら、かなりの達人になりそうだ。それはそれで楽しそうだ。

まあ、その辺のことは置いておくとしてだ。

「その内やらせてみましょうよ」

私も短気なのかもしれない。弟子に難癖《なんくせ》付けられると、どうも違う部分に怒《いか》りが来る。

従来の怒りが頭だとすれば、なんというか、弟子や身の回りの人のことは腹に来る。

認めてなるものか、飲み下してなるものか、と。

「え？　やるの？　エスエラが勝つわよ？」

当然という顔で、それも他意なく純粋《じゅんすい》に侍女の勝利を――逆に言うならリノキスの敗北を信じ切ったレリアレッドの顔が、非常に腹立たしい。

「……へえ。じゃあやらせるってことで決まりね」

子供相手に何を本気に、と思う反面、やはり弟子のことは別腹なのだろう。自分のことはある程度いなせるが、弟子のことは話が別だ。

なんというか、私が育ててきた大切な鉢植《はちう》え――そう、盆栽《ぼんさい》のようなものなのだ。

手塩に掛けて手間を掛けて大切に大切に育ててきた盆栽なのだ。それをバカにされれば怒らないでいられるものか。たとえ子供相手でも。許さんぞ。

周囲は、女の子と大男の勝負を前に盛り上がってきているが。

――勝負の行方などわかりきっている私は、違う意味で気分が盛り上がってきていた。

簡単なルールの説明があった。

あまり本気でやりすぎない――特に子供たちが見ている前で、派手に流血したり手足があり得ない方向に曲がったり、大の大人が泣き叫《さけ》んだり喚《わめ》いたり、というショッキングな光景を晒《さら》さないように、やや安全面を考慮した上でやり合うようだ。

といっても、それは師範代代理に課せられるもので、リノキスには好きにやっていいと余裕を見せている。

まあわからんでもない。

素人には、この体格差が絶対のものに見えてしまうのだから、これでハンディめいたルールを課さず対等にやり合うと言えば、あまりいい印象は与えないだろう。

師範代代理が狭量《きょうりょう》に思われたり、ひいては女の子相手に本気を出す天破流、などと情け容赦のない鬼《おに》だ悪魔《あくま》だと非情のレッテルを貼られかねない。

そうなれば、新入生集めの勝負のはずが、逆効果になってしまう。子供が引く。

――実力差を考えるとちょっと師範代代理に同情するが、このルールでやろうと言っているのが本人なので、仕方ないだろう。

審判役《しんぱんやく》として出てきた天破流の胴着を着た少年が、二人の間に立って片手を上げた。

周囲の子供たちの声がピタリと止《や》んだ。

いざ勝負が始まるという緊張感《きんちょう》に、空気が重くなっていく。

リノキスが構え、師範代代理も構える。

そして――

「始め！」

少年の声とともに、片手が振《ふ》り下ろされ――

パァン！

終わった。

まるで手を叩《たた》き合わせたような、軽い音が体育館中に響《ひび》いた。

「――見事」

いいじゃない。なかなかの速度だった。

まだ基礎《きそ》さえ怪しいが、なんとか「氣」もちゃんと使えていた。

構えたまま一切《いっさい》動かない師範代代理と、気が付けば間《ま》を詰め彼の目の前にいたリノキス。

彼女は構えを解いて一礼すると、しんと静まり返っている周囲など気にせず、こちらへ戻ってきた。

「終わりました」

「ええ。今のは良かったわ」

流血もないし、手足があらぬ方向に曲がったわけでもないし、大の大人が泣き叫んだり喚いたりもしていない。

もっと派手な動きがあった方が見ている方は楽しかったかもしれないが、ルールありならこんなものでいいだろう。やりすぎたら子供も引くし。

――次の対戦相手に手の内を見せる必要もないしな。

「え？　……え？」

「――ローキックです。鞭《むち》そののように右足がしなりましたね」

誰もが疑問符《ぎもんふ》を浮かべているが、私をはじめ、わかる者はわかっている。

戸惑っているレリアレッドに、背の高い侍女が言った。

「太腿《ふともも》に強烈《きょうれつ》なのが入りました。あの音からして、あの男性は筋肉を弛緩《しかん》していたようです。今かなり痛いと思います。動けないくらいに」

よく見ると、構えのまま動かない師範代代理の顔に、ぶわっと脂汗《あぶらあせ》が浮かんでいる。

蹴られた時は認識外だったかもしれないが、遅《おく》れて身体の痛みを知覚してきたのだろう。

「じゃあ約束通りお昼に行きましょうか。レリア、行きましょう」

「え？　え？　……え？」

「リノキス、何を食べたい？」

「お嬢様の手料理がいいです」

「わかった。レストランね。せっかく王都にいるのだし、『黒百合《くろゆり》の香り』に行きましょう。シェフに挨拶もしておきたいし」

「え、いいえ、お嬢様の手料理」

「レリア、行きましょう」

「え？　……えっ？」

――そんなクラブ勧誘の見学をし、数日後、無事に入学式を迎えることとなる。


そして入学式当日。

「――はいカット！　いいですよ！」

学院に王都放送局の撮影班がやってきた。

正確には、ヒルデトーラが連れてきた。

これから学院で撮影を行うのである。

番組の主旨は、王都で大人気の第三王女ヒルデトーラが新入生たちに歓迎《かんげい》の意を示す、というものだ。

それに私とレリアレッドを加え、初めて三人での撮影となる。

あまり関係ないが、撮影班の現場監督が女性というのは初めて見た。リストン領には女性の監督はいなかったから。まあ、今はそんなのどうでもいいか。

まず校門の前で、三人で談笑《だんしょう》する姿を。

次に、女子寮であるレリアレッドの部屋でお茶を楽しむ三人と、入学祝いにとヒルデトーラが弦楽器《げんがっき》を弾いて一曲披露《ひろう》してくれて。

最後に、私とレリアレッドを引き連れ、ヒルデトーラがわざわざ校舎内を案内する姿を撮った。

まだ魔法映像《マジックビジョン》を知らない子供も多いので、王都にはこういう文化もあることを見せつける意味もあったのだろう。

撮影は混沌《こんとん》だった。

誰が映り込もうと気にせず撮影は続けられ、私たちの周囲には常に一般生徒がいた。

お調子者が見切れたり、物珍しさに付いてくる子がいたり、またお姫様《ひめさま》であるヒルデトーラを一目見ようと集まったり、カメラの前をよぎったり。居座《いすわ》ったり。とにかくこの撮影は大変な騒《さわ》ぎとなった。

リストン領の撮影班なら、撮影中止になるような事故映像もちらほらあった気がするが。

しかし実際は、何があろうと撮影は続行された。

そして翌日には早々に放送された。

最初の方はともかく、校舎を案内する映像は、とにかくぐちゃぐちゃでめちゃくちゃだった。こんなにまとまりのない映像を放送していいのかと心配になるくらいだ。

すべてが取っ散らかっているというか、まとまりなんて全然なかった。はっきり言って混沌そのものである。

だが、入学したての子供たちが無邪気《むじゃき》かつ無責任にはしゃいでいる姿は、そう悪いものには見えなかった。

これはこれでいいのだろう。きっと。

こうして、私の学院生活が始まったのだった。

Violent princess Nia Liston Character File 2

リノキス・ファンク

ニアに付けられた使用人。
ニアが病床に伏していた頃から面倒を見てきたせいで、ニアに対する母性が非常に強くなった。言動は怪しいが、特に下心はない。

Status

年齢

18歳

肩書・役職

ニアの専属侍女

好きな戦い方

元は剣士だが、ニアの弟子となり無手に。

ニアに対して思うことは？

ニアが元気になってから
スキンシップが減ったから
すごくイチャイチャしたい
すごくしたい。

今一番欲しい物は？

ニアの手料理。
言い値でお金を払える。

すべてはお嬢様の……
いえリストン家のために

「それでは、第一回魔法映像《マジックビジョン》普及活動会議を始めます」

ハキハキとした口調で第三王女ヒルデトーラが宣言すると、緩んでいた空気が少しだけ張り詰《つ》めた気がする。

お茶会はここまで。

ここから先は、真剣《しんけん》な話し合いの場となる。

「先に言っておきます。

ニアとレリアは、わたくしのことをヒルデと呼んでください。敬称《けいしょう》もいりませんし、敬語も必要ありません。

公では難しい場面もあるかもしれませんが、ここから先は対等の関係じゃないと、意見の擦《す》り合わせも満足にできないでしょう。

遠慮があってはいけません。必要な話ができない会議など、時間の無駄でしかない。

どうせ王族・貴人の威信《いしん》も半ば形骸化《けいがいか》しているので、今更身分など気にすることもないでしょう？」

ふむ……そう言うのであれば甘えることにしよう。

「いえ、さすがに王女様を呼び捨てなんて――」

「ヒルデはそういうことを言っている時間が惜しいって言っているんでしょ？　そうよね、ヒルデ？」

「そういうことです」

戸惑うレリアレッドの反応こそ、貴人の娘としては正しい気もするが。だが私は気にしていられない。

今は時間がとてつもなく貴重なのである。

リストン家の財政のために、一刻も早い魔法映像《マジックビジョン》普及活動が必要なのだ。

――学院生活三日目。

撮影が入りめちゃくちゃになった入学式の盛り上がりも、まだ熱が冷めていない昨今。

ヒルデトーラの呼びかけに応じ、私たちはレリアレッドの部屋に集まっていた。ヒルデトーラは王城通学《じたく》なので、寮に部屋がないのだ。

私の部屋には必要な物しかないので、殺風景なのだ。

その点、レリアレッドの部屋はすっかり貴人の女の子の部屋となっている。壁掛《かべか》けのような飾《かざ》りがあったり花瓶《かびん》に花が活《い》けてあったり、華《はな》やかである。

ヒルデトーラとしては、私の部屋よりはこっちの方が、居心地《いごこち》が良いのだろう。入学式の撮影の時も似たような理由でこっちが選ばれたし。

――そして放課後、約束通りレリアレッドの部屋に集まった。

ヒルデトーラが持ってきたケーキで紅茶を楽しみ、ひとしきりくつろいだところで、本題に入る。

「まず、専門的な分野には口出しできません。

わたくし自身が詳しく知らされていないというのもあるけれど、とかく大きなお金が動いている部分には、触れることを禁じられていますので」

それは仕方ないだろう。

いくら姫君といっても、ヒルデトーラはまだ八歳の子供だ。すでに専門家が携《たずさ》わっているであろう運営や経営には触れられまい。

扱っている額が額である。子供の小遣《こづか》いではないのだから。

「えっと、専門的な分野っていうと、その、たとえばどんな……？」

まだヒルデトーラに遠慮があるレリアレッドだが、まあいずれ慣れるだろう。

「そうですね……では、魔法映像《マジックビジョン》が映る魔晶板《ましょうばん》についてですが」

ああ、あの宙に浮いている水晶の板か。

「あれは、開発当初は天然の水晶を使って実験していたのですが、研究が進み技術が発達し、魔法で生み出せるようになりました。

ただ、それでも必要な物がないわけではなく、一枚作るだけでも大変な手間と大金が掛かります。市販《しはん》されている魔晶板は高額でしょう？　それにもちゃんと理由があるのです」

現在、魔晶板一枚で、庶民が数年暮らせる額だと聞いている。

「ついでに、少しだけ魔法映像《マジックビジョン》の歴史を話します。

魔晶板を人の手で作ることができるようになった——ここから魔法映像《マジックビジョン》の企画《きかく》が始まったのです。

元は王族や貴人、お金持ちのみが持つ通信手段と考えられていましたが、とある人の舵《かじ》取《と》りで、今のように『広く映像を伝える』という方針に切り替《か》わったと言います。

天然の水晶は資源として限りがありますが、人が作れるなら話は別です。

長い時間を掛ければいずれは広く普及するだろう、という長い目で育てることを前提に、貴人やお金持ちに魔法映像《マジックビジョン》の企画が発表されたのです。

魔法映像《マジックビジョン》の研究や発展には、とにかくお金が掛かるのです。一国の財力でも苦しいほどでした。

企画が発表され、共同出資者の呼びかけも行いましたが――真っ先に声を上げたのはリストン家で、後にはどこも続きませんでした。

それから数年の月日が流れ、ようやく二番目の共同出資者となるシルヴァー家が手を上げた、というのが現在になります」

……ふうん。まあ歴史のことはさておき。

「パッと思いつくのは、魔晶板のコストを下げることかしら」

私が言うと、ヒルデトーラは「そうですね」と頷いた。

何せ魔晶板一枚で庶民が数年暮らせる金額である。王族や貴人にははした金でも、庶民には高すぎるだろう。

にも拘わらず、普及させたい相手は庶民たちなのだ。

無理に買ったら首が回らなくなるだろう。これでは買いたくても買えないではないか。

「やはりコストが問題ですわよね。これでも当初と比べれば安くなっているのですが……」

安くなっていてこれなのか。普及しないわけだ。

「ちなみにどうやって作ってるんです……つ、作ってるの？」

あ、レリアレッドが姫君相手にがんばった。がんばれ。

「その辺のことは全て最高機密事項《トップシークレット》です。わたくしにも知らされておりません」

「そ、そうですか……そうなんだ」

……となると、魔晶板関係には触れられないだろうな。

我々が子供云々というより、その辺は部外者が首を突っ込んでいい範疇《はんちゅう》を超えているだろうから。

最高機密事項というのも、きっと他国に製造方法を漏らさないためだろう。

私たちは知らない方がいいと思う。どんな手段を使ってでも口を割らせようとする輩が現れる可能性もあるのだ。

私はそれでもいいが、私の周りに何かあっては大変だ。

早くも意見が出なくなった。

一番テコ入れが必要そうな魔晶板のコスト問題だが、国の最高機密と言われれば、諦《あきら》めるしかない。

……じゃあ、次はなんだろう。何かあるだろうか。

「そういえば――」

紅茶が冷めるほどの沈黙《ちんもく》を経て、レリアレッドが口を開いた。

「シルヴァー領《う ち》のチャンネルは、冒険家関係の映像を多く取り扱《あつか》っています、……取り扱っているんだけど」

うん。そう聞いている。大変興味深い。

でもまだ両親から許可が出ていないので、私は観たことがないのだ。早く血が観たい。

「冒険家は浮島探索で資源が見つかったり、魔獣の素材を得たりで、収入があるみたい、だよ。運が良ければ一攫千金《いっかくせんきん》も夢じゃないんだって、だよ」

収入か。

確かに普及させる方法として、私たちが稼いで魔晶板の支払《しはら》いに充《あ》てる、という方法も取れるわけだ。金さえあれば手っ取り早い解決法ではあるのかもしれない。

それが正しいかどうかはわからないが。

――私なら魔獣狩りで稼ぐ、という手段もあるが……

しかし六歳だからなぁ。街のチンピラを絞め上げるくらいならまだしも、さすがに堂々と魔獣を狩るなんて、絶対に悪目立ちするよなぁ。

「収入源として当てにするには厳しいですね。冒険家の仕事は波があるので、定期的に必ず報酬《ほうしゅう》を得られるわけでもないですし、そもそも得られる額も足りていないかと」

うむ。一枚二枚ならともかく、すべての魔晶板のコスト問題だからな。

宝石や金銀等の鉱脈でも発見できれば話は別だが、そんなことも滅多にないだろうし。

魔獣の素材だって卸《おろ》せば卸すほど価値が下がっていきそうだし。

……難しいな。

拳で解決できることならともかく、頭を使う問題はちょっと苦手だな……

「──発言、いいですか？」

再び沈黙が訪《おとず》れたその時だった。

給仕《きゅうじ》として働き、今は後ろで控えていたレリアレッドの背の高い侍女が言った。

「ええ、どうぞ」

このままでは時間の無駄なので、ヒルデトーラは迷わず発言を認める。

「とある有名な冒険家の話ですが、彼は腕や実績が認められて、貴人の後《うし》ろ盾《だて》を得たそうです。

有体《ありてい》に言うと、活動資金を援助《えんじょ》してもらえるようになった、ということです」

ふむ。

「つまり、魔法映像《マジックビジョン》の売りを最大限に引き出すことで、いろんな方から援助や寄付、あるいは仕事を貰えるのではないかと愚考《ぐこう》します。

魔法映像《マジックビジョン》の普及には、やはり魔法映像《マジックビジョン》そのものの人気と知名度を上げることが不可欠ではないかと」

……………うん？

「なるほど」

ヒルデトーラはわかったようだが、私はいまいち侍女が何を言いたいのかわからない。

レリアレッドもそれっぽく深刻な顔をしているが、わかっているようでわかっていないに違いないということはわかる。

――きょとんとしている私と、急に渋みを感じさせる真剣な顔になるレリアレッドを見て、ヒルデトーラはウフフと笑った。わからん、と二人とも顔に書いてあったのだろう。

「魔法映像《マジックビジョン》の売りは、当然、映像を映すこと。

要するに、誰もが観たがるような面白い映像、愉快《ゆかい》な映像、ためになる映像を流して多くの支持を集めれば、援助や寄付をしてくれる人が出てくるんじゃないか、という話です」

なるほど、そういうことか。

……ふむ。

「今までの映像ではダメだ、と？」

「一概《いちがい》にそうとは言えないけれど――もっと何かあるんじゃないか、もっと突《つ》き詰められることがあるんじゃないか、もっと興味を引く映像を撮れないか。

奇《き》をてらう策を考えるより、正攻法を伸ばす方向で考えるのがいいのではないか、という意見ですね」

……そうか。そういうことか。

私が冒険家、浮島探索、魔獣との血しぶき飛び散る死合いなどを観たいと思うように、多くの人たちが興味をそそられる映像を流すのはどうかかと。そういうことか。

今現在そういうものを撮っているつもりではあるのだから、それを伸ばせばいいと。そんな感じだろう。

「大勢の人が興味を持って観たいと思う番組はなんなのか、って話、だね。なんだろう」

レリアレッドが腕を組み――私の後ろに控えていたリノキスが、ひっそりと耳打ちした。

「――お嬢様、恋《こい》ですよ」

こい？

「――万人《ばんにん》が興味を抱くものは異性、つまり恋愛《れんあい》です。人は人を求める生き物です。昔から恋愛や愛憎《あいぞう》の物語が数多く生まれ、今もまだ増え続けている背景には、人が理性でも本能でも動物としても人を求めるからです。お嬢様が初出演した舞台もそういう類のものだったじゃないですか。ぶっちゃけ愛があればなんでもいいんです」

さすがにひっそりで済まないほど話が長いぞ。

だが一理ありそうだ。

面倒臭くなくて回りくどくない恋愛ものなら私も許せるしな。

「恋愛ものとかどうかしら」

「まあ」

「えー。恋愛なんてつまらないわよ」

リノキスのように長々語る理由はないので手短に言ってみると、ヒルデトーラには好印象だがレリアレッドは不満そうな反応を示した。

「そう？　昔から恋愛関係の物語は人気がありますわよ。そういえばニアが初めて出演した舞台も、言ってしまえば恋愛ものですね」

あ、思い出した。祖父から聞いたが、ヒルデトーラは私が出演した舞台「恋した女」の最終公演を観に来ていたんだよな。

「最終公演、ヒルデは観に来てくれたのよね？　ありがとう」

「なかなか完成度が高くてよかったですよ」

お気に召《め》したなら結構だ。

「でも恋愛物語って面倒臭いじゃないですか。いい歳した大人がうだうだぐじぐじしてもじもじしてじれじれして。大人ならスパッと決めればいいのに」

わかる。レリアレッドの感想、すごくわかる。わかりすぎる。そうだよな、いい歳した大人が素直《すなお》になれないとか言うなと思うよな。じれったすぎて殴りたくなる。

「様々な事情を抱えているせいでスパッと決められない、それが大人なのです。いい？　大人の恋愛はくすぐるような種火から始まって——いざお互いに火が点《つ》いたら、一気に燃え上がるのよ？」

のよ、って。

「レリア、あそこの八歳児が何か言ってるわね」

「そうね。今のは王族でもどうかと思うわ。さも恋愛の達人みたいな顔して。どうせ初恋《はつこい》もまだのくせに」

「——いいでしょ分析《ぶんせき》するぐらい！　なんですか二人して！」

まあ、ヒルデトーラの背伸《せの》びはさておき。

「恋愛ものに興味を持つ人が多い、というのは当たっていると思うわ。子供はともかく大人は好きなんじゃないかしら」

個人的にはアレだが、この意見にはレリアレッドもヒルデトーラも異論はなさそうだ。

で、さっきの意見を踏まえると、だ。

「……つまり、大勢の人が興味を抱く恋愛ものを突き詰めるなら、――いやらしい感じのやつね」

「えっ⁉　ニア⁉」

何を言い出した、みたいな驚いた顔をするレリアレッドに、ヒルデトーラも続く。

「ちょっと待ってくださいニア！　ど、どの程度のいやらしさを想定していますか⁉　あなたの中ではどの程度を⁉」

「程度？　うーん……」

どの程度と言われても……程度も何もない気がするんだが。

「裸《はだか》？」

「はだか⁉」

「裸体《らたい》？」

「らたい⁉」

「男と女がベッドで絡《から》む的な――」

「もうやめて！　刺激が強すぎるわ！」

あ、そう？

レリアレッドも嫌そうだが、ヒルデトーラの拒否《きよひ》反応がすごいな。さっきは恋愛の達人みたいなことを言っていたくせに。

「そんなものを魔法映像《マジックビジョン》で流したら、方々の貴人から圧力を掛けられて潰《つぶ》されますよ⁉ ただでさえまだ金食い虫でしかない政策なのに！　国全体の風紀が乱れるだのなんだのと潰される理由を与えるわけにはいきません！」

それは困る。

「恋愛ものは一時保留です！　他を考えましょう！」

……他か。本当に難しい問題だな。

「ニアはもう、は、裸とか、絡むとか、そういうことを言っちゃダメですからね！」

「でも興味あるでしょ？　観たいでしょ？」

「観たくないです！」

魔晶板周りに触れるのはダメ。

コスト削減《さくげん》にしろ何にしろ、どんな理由があろうと国の最高機密に抵触《ていしょく》してしまう。

恋愛ものを突き詰めるのもダメ。

まだ主立った収入がなく国民の支持も得ていない現状、魔法映像《マジックビジョン》業界を潰される原因となるような失態や失敗は犯《おか》せないので、裸と裸体と男と女の絡み合いは却下された。

というか、だ。

「映像を突き詰めるのは、放送局の人も交えた方がいいかもしれないわね」

彼らは魔法映像《マジックビジョン》の仕組みを熟知しているだけに、できることとできないことをきちんと判断できる。

当然、ヒルデトーラが却下した裸と裸体と男と女の絡み合いにしても、少なくとも私たちよりは正しい倫理《りんり》感を持って、撮影するかどうかを決定しているはずだ。

「そうですね……彼らは常に、何を撮影すべきかを考えていますからね。わたくしたちが考えるより何歩も先を進んでいるでしょう」

その通りだ。

今ここで子供が集まってパッと考えつくことなど、彼らはすでに考え、通り過ぎていると思う。

「うーん……よっぽどいいアイデアが閃いた時以外は、番組に関しては任せた方がいい、かも？」

まだ言葉《ことば》遣《づか》いがちょっとおかしいレリアレッドが、まさに結論を出したのだった。

「……やはり行き詰《づ》まりますわね……」

話すことがなくなってしまい、ヒルデトーラは溜息を吐く。

「あなた方と出会う前から、わたくしは様々なことを考えてきました。ですが、これと言った妙案《みょうあん》は思いつきませんでした。魔法映像《マジックビジョン》をどう広め、売り出していくのか。大人でさえ成しえていない難題ですから、解決できないのも無理はないのかもしれませんが……儘《まま》なりませんね」

「ヒルデ、さま……」

思ったより深い悩みだったことに気づいたレリアレッドが、気の毒そうに眉を寄せる。

私にとっては他人事じゃないので、心境的にはヒルデトーラ側である。

儘ならない、か。

こういう時はどうしたものか――ああ、では、こういうのはどうだ。

「行き詰まったのなら、発想を変えてみましょう」

落ち込んでいるだけでは、前に進めない。

役に立つとか立たないとか、そういうことはひとまず置いておいて。

まずは出してみよう。発想を。

「私たちは今、出る側の立場で意見を出しているわ。

何をすればいいのか、と悩んでいる。

でも逆に考えたらどうかしら？　たとえば――どんな番組に出てみたいか、と」

「出て、みたい？」

そう、これは入学式の時に撮影した、めちゃくちゃな校舎案内の映像を観た時に思ったことだ。

「この前の入学式の映像、いろんな子が映りに来たわ。私たちの前に出てきた子もいたし、ずっと付いてきた子もいた。

つまり、子供たちはあの時『魔法映像《マジックビジョン》に出たい』と、多かれ少なかれ思ったのではないかしら」

私は思い付きで言っているだけで、この話がどこに向かうかわかっていなかった。

「それですわ！」

落としどころを見付けたのはヒルデトーラだった。

「これまでとは違う、視聴者《しちょうしゃ》が参加できる番組ね！」

カッと目を見開き、バンとテーブルを叩いて立ち上がった。

「庶民の一人一人が、自分が参加できるかもしれないと考えるのであれば、興味を抱く者もきっといるはずだわ！

観るだけではない、参加できる番組！

「──ニア！　レリア！　これはいけますわよ！」

ヒルデトーラは一人で興奮して言い放ち、バーンとドアを開け放って部屋を飛び出していった。

…………

……え、……えっと……帰った、の、かな？

突然の逃走劇に、誰も反応できなかった。呆気《あっけ》に取られるとはこういうことか。

「リノキス、一応馬車に乗り込むまで見送ってきて」

「かしこまりました」

念のためにリノキスに護衛を頼んだ。

ヒルデトーラは寮住まいではないので、毎日馬車で通っている。

学院内なら危険はないと思うが、本物のお姫様であることは間違いないので、何かあったら大変だ。

「びっくりした」

「私もよ」

リノキスが出ていくのを横目に、レリアレッドが率直《そっちょく》な意見を漏らし、私は同意した。

魔法映像《マジックビジョン》普及活動に関して、ヒルデトーラはよっぽど思《おも》い悩《なや》んでいたのだろう。

きっと私の想像以上に。

私にとっても他人事ではない話だが、彼女ほど深刻に考えてはいなかった。

その証拠として、「使えそうなアイデア」が出た途端《とたん》、それをすぐに実行するために出ていったのだ。

私としては、もう少しここで話し合ってからでも遅《おそ》くないと思うのだが。

私はまだ全てを語り終えていないし。

ヒルデトーラが会議に終止符《しゅうしふ》を打ちはしたが、私にはまだ発言したいことが残っている。

そう――ヒルデトーラが「視聴者が参加できる番組」という意見を出したことで、私も思いついた。

「ねえ、レリア。あなたの領地にカジノはある？」

「カジノ？　無許可の地下カジノがある、みたいな噂は聞いたことがあるけど」

なるほど。公にはやっていないのか。

「さっきヒルデが言っていた、視聴者が参加できる番組。私は真っ先に賭《か》け事《ごと》を思いついたの」

「賭け事、か……」

「あとは勝負事とかね。ほら、先日のクラブ勧誘の時も、誰かと誰かが戦うって聞いて皆集まってきたでしょ？」

「そういえばそうだったね」

「それを踏まえて、たとえば――強い冒険家と魔獣が戦ったり、強い者同士が戦ったりする番組はどう？」

「何それ観たい」

そうだろ？　私も観たい。いや観るだけでは物足りない。むしろ参加したい。

「あ、でも、最近は血はあんまり……っていう声も多いみたいよ。あまり血生臭《ちなまぐさ》い映像を流すな、って苦情が来るみたい」

えっ⁉

「血液が飛び散らないと盛り上がらないでしょ⁉　勝負事に流血は付き物じゃない！　最悪死んでも仕方ないって！」

「えっ、死⁉　なんで⁉　その発想怖《こわ》い！」

「何が怖いのよ！　シルヴァー領のチャンネルでは毎日血しぶきが飛んで手足が千切れて一日一人は冒険家が死んでるって聞いてるわよ⁉」

「誰から聞いたの⁉　そんなわけないじゃない！」

えっ……ち、違うのか……？

……がっかりだよ。

シルヴァー領のチャンネルには本当にがっかりだ。天破流よりがっかりだ。

「なんでちょっと落ち込んでるの!?　あんた考え方の方向性えげつないんじゃない!?」

もうどうでもいい。

観たい観たいと願っていたシルヴァー領のチャンネルが、まさか誰も死なない平和なものだなんて……

誰がそんなの観たいんだ！　血を見せろよ！

……はあ……今日はもうダメだな。がっかりしすぎて生きる気力を奪《うば》われてしまった。

ヒルデトーラも帰ったし、私も部屋に帰るか。

本当に、本当にがっかりである。

学院生活が始まって一週間が過ぎた。

教室に到着した私とレリアレッドは、今日も見られている。

「結構長いわね。見せ物状態」

「いいじゃない。これもまた広報よ」

挨拶をしてくる子。

遠巻きに見ている子。

遠くもなく近くもない冷静な距離で、常に様子を見ている子。

レリアレッドの言う通り、「結構長い見せ物状態だ」とは私も感じる。すごく見られているから。違う教室の子や違う学年の子も見に来るくらい、すごく見られているから。そんなに見るところがあるのかってくらい見てるから。

気になるなら声を掛けてくればいいのに。

しかし、そこまでやる子はほとんどいないし。

まあ、これでも、広報活動の一環にはなっているのだろうと信じたいものだが。

寮にある魔法映像《マジックビジョン》で私やレリアレッド、ヒルデトーラを観た子供には、生で見る本人が物珍しいのだろう。

学院生活が一週間を過ぎても、周囲の子供には見せ物だか腫《は》れ物だかって距離感を保ちつつ観察されている、というのが現状である。

周囲もすぐに慣れるだろう、と思っていたのだが、意外とそうでもなかったようだ。

今年の小学部新入生は、三百人ほどになるという。

例外がなければ、アルトワール王国中の六歳児が集められ、六年間ここで一緒に過ごすことになる。ちなみに例外は、王都以外の大きな領地にも学院があり、そちらに行く子供もいるとか。

約二十五人ずつで教室別に分けられ、教室単位で学院の用意した授業や学内イベントをこなしていくことになる。

一年生から数えて二年、三年と続き、最上級は六年生。

私やレリアレッドは新入生なので一年生である。教室は四組。幸か不幸かレリアレッドとは同じ教室だ。

窓際の一番後ろの席をレリアレッドと並んで陣取《じんど》り、見せ物になりながら、まだ慣れない学院生活を送っている最中だ。

ちなみに兄ニールとヒルデトーラは三年生である。

なお、当然ながら、教室にまで侍女を連れてくることはできない。

使用人はあくまでも、特定生徒の生活の世話をすることのみ認められているのだ。生徒ではないし学校関係者とも言えず、扱いとしては一般人に近い。

「ヒルデ様から何か連絡あった？」

やはりレリアレッドもその辺が気になっているようだ。

「いいえ何も。連絡がないということは、企画を詰めている最中なんじゃないかしら」

あの時のアイデアが却下されていたらまた会議をするだろうから。……学院に通っているかどうかも確かめていないが、さすがに休んではいないと思う。

第一回魔法映像《マジックビジョン》普及活動会議でヒルデトーラが飛び出してから、もう四日が過ぎている。進展はよくわからないが――まあ今気にしても仕方ない。朗報を待とうではないか。

「私のところ、そろそろ撮影が始まりそうなの」

昨日、両親から手紙が届いた。

そろそろ撮り溜めていた「職業訪問」が放送し終わるから撮影を再開したい、と。

入学式の直前から昨日まで、と考えると、こんなにも撮影がない日が続いたのは久しぶりだ。いや、本格的に魔法映像《マジックビジョン》に出始めてからは初めてのことかもしれない。

「あ、うちもそろそろやるって」

シルヴァー領も、そろそろって感じのようだ。

「お互い忙しくなりそうね」

学院生活は始まったばかりで、まだまだ慣れないことも多い。

見せ物状態も含めて。

この上、撮影まで始まるとなると――また修行の時間が取れなくなってしまうのかな。

ここのところ、そこそこ充実《じゅうじつ》した修行ライフを送れていたんだけどな。リノキスも毎日泣いて喜んでいたのにな。

「あ、そうだ。ニア、またうちの番組に出てよ」

「うん?」

「ほら、入学式前に制服着て一緒に映ったでしょ?　うちの領ではかなり評判がよかったみたい。ぜひまた出てほしいってさ」

ああ、あれか。兄と一緒に映ったやつだな。

シルヴァー領では評判がよかったみたいだ。でもリストン領での評判はちゃんと聞いたことがないな……まあ、悪くはないだろうと思うが。

「悪いけれど、撮影に関しては私の一存では決められないのよね。前のは家に相談する間がないくらい急だったから飛び入り参加したんだし」

「何?　ギャラの問題?　それともスケジュール?」

「それもあるのかもね。

私は両親の意向、ひいてはリストン家の意向で動いているから。だからリストン家の意に反した言動は遠慮したいのよ」

リストン家の命《めい》を聞き入れるのは、私の義務だ。

私は口も出すし意見も出すし手も足も出すし、許可さえあれば「氣」だってバンバン出したいところだが。

それより何より優先するのは、リストン家のことである。

そこは揺《ゆ》らぐことはない。

私のこの人生は、あくまでもニアの代わりだからな。この子に恥じない生き方をしなければならない。親孝行もその内の一つだ。

「つまり家のため？」

「――リストン家は私の命のために魔法映像《マジックビジョン》を導入した。その投資分は稼がないと、私が納得《なっとく》できないの。生かされた意味がないでしょ」

「あ、そうか……あんた病気だったのよね」

その通りだ。

もどかしい日々を送ったが、もう平気である。

今や虎《とら》でもドラゴンでもウォーミングアップ代わりに殴《なぐ》り殺せるほど回復している。無駄に元気だ。拳の使い処がなくて困っているほどにな。

今日も一日が終わった。

授業という名の強敵から解放された子供たちは、思い思いに散っていく。

クラブに入った者はクラブに行き、それ以外はどこぞへ遊びに行ったり、寮に帰ったりするのだろう。

そろそろ撮影が始まる。

だからこそ、今より撮影を再開するまでの時間は、私にとっては貴重な暇となる。決して無駄にはできない。

レリアレッドと一緒に女子寮まで帰ってきて、それぞれの部屋に分かれる。

そして部屋に帰ると。

「――お、お、お、おかえり、なさいま、せ……っ！」

侍女服ではなく、簡素な動きやすい服を着たリノキスが、汗だくになりながら拳を握《にぎ》り締《し》めて構えていた。息も絶え絶えである。

「何セット終わった？」

「さ、三十三、回、です」

ふうん……三十三か。

「残り十七回ね。見ていてあげるから続けなさい」

「は、はい……！」

リノキスはぎちぎちに身体中《からだじゅう》の筋肉を張り詰め、弱々しい「氣」をまとい、教えた通りの型をなぞる。

疲労困憊《ひろうこんぱい》なのは、まだ「氣」の操作が細かくできないからだ。筋肉を張り詰めることで無理やりまとっている、という感じである。

偶発的《ぐうはってき》なことだが、素人でも攻撃時の呼気が発氣――「氣」を伴うことがあるのだ。

心技体、全てが高いレベルでほんの一瞬重なった瞬間、そんな偶然が起こる。

無自覚だけに、「時々いい攻撃ができる」程度の認識しかされないものだが。

リノキスはまだ満足に「氣」が使えないので、偶発的に起こることを必然的に起こすために、筋肉を極限に持っていきそれを保つ修行をしている。

この状態で安定すれば、あとは少しずつ筋肉を緩め、しかし「氣」をまとったまま維持する。こんな流れで習得できるのだが。

……完成はまだ先かな。


学院での生活が二週間を過ぎ、リストン領とシルヴァー領の撮影がスタートした。

学院の授業は、週に一日だけ休みがある。その休日に撮影を行う――というのは想定済みだったが。

今回は、学院生活が始まって一回目の撮影ということで、いつ見ても顔がくどいベンデリオがやってきた。

待ち合わせしていた港で待っていたら、見覚えのあるくどい顔がやってきてびっくりした。くどい顔にもびっくりした。久しぶりに見てもくどい顔だと再確認《かくにん》した。

彼が私の撮影現場に来るのは珍しい。

彼はリストン領撮影班の責任者である。他にもやることがたくさんあるので、すっかり慣れた私の撮影現場には、あまり来なくなっていたのだが。

「今、王都の放送局と相談中でね。王都放送局にリストン領やシルヴァー領の撮影班用の部屋を借りられるかもしれないんだ。

要するに、小さいながらも王都に各領地の簡易放送局ができるかも、って話だね」

どうやらベンデリオは、その辺の話し合いをするために王都に来たようだ。私に会いに来たのはついでってところか。

しかし、簡易放送局か。

どうやら私の知らないところで、私が考えもしなかった話が進んでいたようだ。

……まあ、簡易放送局とやらがよくわからないのだが。

「やはり移動時間が問題なのですね」

王都からリストン領まで、飛行船に乗っても半日以上は掛かる。

さすがに週一でリストン領に帰って撮影してまた王都に戻ってくる、と頻繁《ひんぱん》に往復するのはハードだ。

往復の移動だけで丸一日以上掛かるとなると、効率が悪い。飛行船の燃料だって安くないのに。

「いちいちリストン領から王都まで撮影班が来るとなると、向こうでやる『職業訪問』以外の撮影にも支障が出ちゃうからね。

王都《こっち》に放送局ができたら、撮影班を常駐《じょうちゅう》できる。そうなればリストン領以外の浮島でも撮影しやすくなるしね」

そうか。

リストン領に戻るのは大変だが、王都の近場なら移動時間もそれほど掛からないってことか。撮影スケジュールも組みやすいのだろう。

――なお、今後しばらくは、王都や王都周辺で撮影する予定を組んでみたそうだ。

私の活動範囲はあくまでもリストン領だが、しばらくはこの辺で済むらしい。

「あ、もちろんニアちゃんの体調が第一だけどね。丸一日の船旅って大人でもきついし、子供の負担はもっと大きいと思うし」

私は全然大丈夫だが、まあ、スケジュールは任せるだけだ。

見慣れたリストン領撮影班用の飛行船に乗り、撮影場所に向かう道中ベンデリオといろんな話をした。

久しぶりに会う顔なので、それなりに積もる話もある。

「会いに来たのがお父さんお母さんじゃなくてごめんね。こういう話はこんなおっさんじゃなくて、ご両親とするものだろうに」

確かにな。

学院生活はどうだ、とか。第三王女ヒルデトーラと接触《せっしょく》した、とか。シルヴァー家の末娘と親交を持った、とか。

仕事の話ももちろんするが、どちらかと言うと学院生活の報告だ。こんなの両親や家族にする話だと思う。ベンデリオは仕事上の上司みたいなものだしな。

「まあ、そうかもしれませんね。でもいいじゃないですか。ベンデリオ様ももはや他人という気がしませんし」

両親とは長いみたいだが、私とは一年ちょっとという付き合いしかない。

が、それでも、このくどい顔と過ごした時間は結構長かったと思う。ニアの年齢《ねんれい》で照らし合わせるなら、人生の六分の一くらいを一緒に過ごした仲である。

今でこそ撮影現場には来なくなったが、出演当初は本当に世話になった。

魔法映像《マジックビジョン》に出る者としては、ベンデリオは先駆者《せんくしゃ》である。彼の指導を受けて学びつつこ
こまで来た私は、ある意味彼の弟子とも言える。

なんだか軽薄《けいはく》で大雑把《おおざっぱ》そうなくどい顔をして、これで細やかな気遣いができる男である。

その気遣いに何度も助けられてきた。

強いだけでは通用しない――否、強さなど役に立たない場面が多い魔法映像業界《マジックビジョン》は、私
にとっては強敵と言えるほどに厄介《やっかい》な存在である。いや、たぶん私より強い存在だ。

「ははは、そうかい？　なんならパパと呼んでもいいけど？」

「では遠慮なく。最近パパのお仕事はどう？　滞りなくこなせているかしら？」

「なかなかいいね、ニアちゃんのパパ呼び。お小遣いをあげたくなるね」

「何かくれるの？　だったら未開の浮島が欲しいわ。お願いパパ」

「……さすがニアちゃん、欲しがる小遣いの桁《けた》が違うなぁ」

そんな冗談《じょうだん》も言ったり言わなかったりしつつ、この機会に必要なことも話しておく。

レリアレッドから聞いた、シルヴァー領の番組から声が掛かりそうなこと。

とにかく私はなんでもやるから、リストン家の都合さえ良ければ依頼《いらい》を受けてほしいと
伝えておく。

それと、まだまだ不確定要素が多い、ヒルデトーラの言っていた「視聴者が参加する番組」というアイデアも伝えておく。

「――視聴者が参加する……なるほど。魔法映像《マジックビジョン》への関心を集めるための案か」

さすが魔法映像《マジックビジョン》業界の先駆者。すぐに意図を察したか。

「興味があるなら王都の放送局とも話してみて」

「うん、そうしようかな。面白い企画だ」

ヒルデトーラが大騒《おおさわ》ぎしていたのを信じないわけではないが、魔法映像《マジックビジョン》に関しては、私はベンデリオのくどい顔を信じている。

彼が興味を抱くのであれば、このアイデアは本当に使えるかもしれない。

どんな形で企画が誕生するのか、楽しみ……な反面、ちょっと恐ろしくもある。たとえ企画が良くても、それを活かせないようでは意味がない。

この話はきっと、演者である私やヒルデトーラ、レリアレッドが主導で動かしていくことになるだろうから。

成功も失敗も、私たちの双肩《そうけん》に掛かってくる。

失敗したら、きっと何千万もの損害が出るのだろう。

――強いだけでは成り立たない世界とは、げに恐ろしきものである。

撮影はつつがなく終わり、昼過ぎには王都に戻ってくることができた。

ちなみに今日は、王都から少し離れた上空の浮島にある牧場を訪ねてきた。

王族貴人御用達《ごようたし》と言われる、高級牛肉で有名なムーアムーラ牛を育てている島である。

ヴィケランダの破壊《はかい》の影響なのかなんなのか、その大地の欠片《かけら》に広がる牧草は、非常に物が良いらしい。ムーアムーラ牛のおいしさの秘密は牧草にあるとかないとか。

牛肉は有名だが、有名ではない牛乳も、とてもおいしかった。

これは売れそうだ――と思ったが、王都の料理店に卸したりチーズを作ったりで、市販する分はないんだとか。

そんな島で、今回は牧場の仕事を体験した。

つなぎを着て、牛舎の掃除《そうじ》や牛のブラッシングをこなして。

牧羊犬と一緒になって羊を追い回して。

その牧羊犬とボール拾い対決で圧勝して、犬に嫌われて。

最後に、特別に出してくれたムーアムーラ牛の肉で、撮影班と牧場の人ともどもバーベキューをしたりと、なかなか楽しい撮影だった。

「やっぱりニアちゃんの撮影は楽だなぁ。安心して見てられるよ」

ベンデリオはそんなことを言いながら、顔見知りばかりのリストン領撮影班を連れてさっさと帰って行った。

撮影班は、学院に入る前から忙しそうだったが、今もやはり忙しそうである。

「――お嬢様、これからどうします？　寮に戻りますか？」

飛行船の発着場に取り残された私とリノキス。

いつものように影のごとく付いてきていたリノキスが、二人きりになってようやく声を掛けてきた。

「そうね。お昼も食べたものね」

食べてなければ、何か食べて帰ろう的なことも言えるのだが。

牧場で、しっかりうまい肉を食らってきた。

硬くて歯ごたえがある赤身肉も嫌いではないが、すごく脂の乗った牛肉のうまさは、ちょっと別次元のようだった。

あれを食べた後だからな……今は何もいらないな。

強いて言うなら、

「どこかで紅茶でも飲んでいきましょう」

お茶が欲しい。

寮に帰っても飲めるけど、せっかく学院の敷地から出ているのだし、たまには外で飲むのもいいだろう。

「そうしましょうか。どこかご希望の場所は？」

あまり金を使いたくないから、高級店はなしだ。

付き合いで行くことはあっても単独で行くつもりはない。

そうすると、本当にどこでもいいが――あ、そうだ。

そろそろあそこに顔を出しておかないと。

アンゼルの店――犬の酒場へ行こう。

となると、どうにかリノキスを撒《ま》かないと。

Violent princess Nia Liston Character File ③

ヒルデトーラ・アルトワール

王族としての公務を魔法映像で放送している、王都では有名なお姫様。明るく人当たりもいいが、野望は大きく世界征服。結構な野心家。

Status

年齢

8歳

肩書・役職

アルトワール王国第三王女

異名

意外と会えるお姫様

将来の夢・野望

お嫁さんになりたい(ただし政略結婚ではなく自分が本当に好きになった人と)。

今後やってみたいことは？

王族としての公務ばかりなので、もう少しフランクな魔法映像の番組に出てみたい。

魔法映像を制する者は、世界を制する……わたくしはそう思っています

言葉巧《たく》みにリノキスを騙《だま》して出し抜き、なんとか単独行動を取ることに成功した。

「ちょっと下品な下着を見たいから一人で行きたい」などという言い訳が通用してしまったリノキスには、正直不信感しか抱けないところもあるが。

仕事はきっちりやってくれているので良しとしよう。

たとえちょっと不信感があるアレでも、弟子は弟子だ。細かいことには目を瞑《つぶ》ろう。弟子にした以上しっかり可愛がりたい。

撮影ばかりしていた去年は、王都に来た時は隙《すき》を見て何度か足を運んでいるが――

「もう完成したのね」

初めて見た時は、元酒場の廃墟《はいきょ》でしかなかった。

だが、来るたびにどこかが新しくなっていて、壊れた箇所が修繕《しゅうぜん》してあって、廃墟が酒場としてよみがえる過程を見てきた。

私が初めてここに来て、約一年。

この一年の間に改装が進み、今や外観も内装も立派な酒場として生まれ変わっていた。

前に来た時から客は入っていたが、看板まではなかった。

今は立派な看板が出ているので、きっとこれで完成なのだろう。

もう犬の酒場ではなく、看板に書いてある通り「薄明りの影鼠亭」と呼ぶべきか。

メインストリートを外れた路地裏の奥、雰囲気は悪く柄《がら》の悪そうな輩ばかりいるが、生まれ変わった酒場「薄明りの影鼠亭」はちゃんと受け入れられているようだ。

酒場の前には、昼間っから酔《よ》い潰《つぶ》れている者が転がっていたり、帰る場所を忘れたのか酒瓶《さかびん》を片手にフラフラしている者がいたりと、なんというか、想像通りって感じの落ちぶれ荒《すさ》んだ光景があった。

まあ盛況そうで何よりだ。

「おい、なんだあのガキ――」

「しっ！　見るなしゃべるなっ。目が合ったらボコボコにされるぞっ」

「はあ？　何言って――ごふっ⁉」

「しゃべんなっつってんだろうがぁ！　てめえのとばっちりで俺まで目ぇ付けられたらどうしてくれるんだ！　目立ってんじゃねえよ！」

なんかすごく目立ってる奴が、私を知らない新参者に教育しているようだ。

結構、結構。強い者なら歓迎だが、弱い者が絡んでくるのは困る。弱い者いじめは趣味じゃない。でも差別も好きではないのでお望みなら殴るけど。

ここに来る度に絡んでくる連中を拳で黙らせてきたので、さすがに周知されたようだ。

私のことを知っている――どこぞの魔法映像《マジックビジョン》で観かけたことがある者もいるとは思うが、今のところ噂も騒ぎも起こっていない。

映像に映るニア・リストンと、ここに出入りしているニア・リストンと。

どんなに似ていようとも、ちょっとその辺ではお目に掛かれない白い髪が一緒でも、なかなか人物像が一致《いっち》せず信じられないのだろう。

もしくは本当に関わりたくないか、だ。ニア・リストンは貴人の娘でもあるから。

――酔っぱらっていても私を見たら目を逸らすくらいには教育が済んだ路地裏の住人たちを横目に、私は酒場へ踏《ふ》み込んだ。


武勇伝を大声で語る声が、あっという間に小さくなって消え。

悪い相談をしていそうなぼそぼそ声が止まり。

品のない笑い声がピタリと鳴りを潜め。

カウンターで一人静かにグラスを傾けていた一匹狼《いっぴきおおかみ》気取りたちが、ざっと席を空ける。

「――いらっしゃい、リリー」

私がやってくると同時に、薄暗《うすぐら》い酒場の喧騒《けんそう》が静まり――動いたのは色気で身体の八割を構成していそうなむっちむちの女だけである。

彼女はフレッサ。

この路地裏の酒場で雇《やと》われている、アンゼルの知り合いらしい。

見た感じ、胸も尻《しり》もデカい大人の女だが――ただの女の身体ではない。鍛え方が尋常ではない。

それも、武を志す者の肉体ではなく、どちらかと言うと暗殺……まあ、こんなところで誰かの詮索《せんさく》をするのはよそう。

どうせ訳あり以外いないのだから。私も含めて。

「よう、リリー。久しぶりだな」

迷わずカウンターへ向かい、やる気のなさそうなバーテンダーの前の椅子に座る。

「久しぶりね、アンゼル。『薄明りの影鼠亭』開店おめでとう」

――ちなみにリリーというのは、私のあだ名だ。

誰が呼び始めたかは知らないが、白い髪から連想して「雪毒鈴蘭《スノーリリー》」から取ったとか。

さすがに本名を名乗るのは問題がある場所なので、訂正《ていせい》する気はない。

「ああ、ようやくな。つっても開店したのは先月だぜ？」

そうか。もう結構経ってるのか。

前に来た時はいつだったかな……二ヵ月くらい前だったかもしれない。ちょっと間が空きすぎたか。

でもその辺は仕方ないだろう。あの頃は王都に住んでいなかったのだから、ここに来られるタイミングは本当に限られていた。

「これからはもう少し来られそうよ」

何せ二週間前から王都暮らしだ。学院の寮だけど。

「学院か？」

それには答えず、強い酒でも注文……しようかと思ったが、いくら路地裏にある雰囲気の悪い酒場でも、六歳が酒を頼むのは気が引ける。

私とアンゼルがそんな話をして、ただの客として溶《と》け込《こ》んでくると、酒場もゆっくりと喧騒を取り戻していった。

私の左右に並ぶカウンター席はずっと空いたままだが。

アンゼルは、かつて廃墟だったここに来た時に戦った、あのスーツの男である。

詳しくは聞いていないが、彼はマフィアではなかったそうだ。

むしろ、仕事ならマフィアでも守るような、荒事専門の用心棒みたいなことをしていたらしい。

それ以上のことは聞かれたくなさそうだったので、聞いていない。私もそんなに興味はなかったので聞かなかった。

そんなアンゼルは、私と連絡を取るためだけに、この酒場を買い取った。

これまでに貯《た》め込んだ金だのなんだのを使い、全財産をはたいて土地を買ったそうだ。

それから、この辺に住んでいるガラの悪い連中を雇い、建物の修理・改装をして。

ついに開店し、今に至る。

――当初は本当に、私と連絡を取るためだけにこの土地を手に入れたそうだ。

思った以上に安かったから思い切って買ってみた、と言っていた。ちょっと手を入れれば住めるだろう、とも考えて。

自宅を買うと思えば丸損ではない、と。

だがそれで無一文になってしまったため、せっかく基盤《きばん》があるんだから日銭《ひぜに》を稼ごうと思い、酒場をやってみようと一念発起《いちねんほっき》。

最初は、店は誰かに任せるつもりだったが、修理したり改装したりと手を入れ出してからは愛着が湧き、自分で店に立つことにしたとか。

「――強いことが売りの用心棒が、負けっぱなしなんてメンツが立たねえだろ。おまえへの復讐《ふくしゅう》は必ずやる……と、思ってたんだがなぁ」

前回来た時、アンゼルはやる気がなさそうな顔でそんなことをぼやきつつ、グラスを磨いていた。

復讐の相手である私と会うために、ここを手に入れた。私はここに来る約束をして、不定期にやってきていた。

復讐に燃えるアンゼルは、そんな私に挑《いど》み、負け続けた。

その結果、心が折れた。並の鍛錬程度で勝てる相手ではない、と理解したのだ。

そして今は酒場のマスターである。まあ初志が変わるなんてよくある話だ。

――実際のところ、なんだかんだでアンゼルとは結構話をしている。

親交を深めたいとも思わず、常連のように通うつもりもなかったのだが……気が付いたらちょくちょくやってくるようになってしまった。

ニア・リストンではなくただの武闘家として話せる相手は、かなり少ない。

そういう意味では、私はここを気に入っているのかもしれない。

「ほれ。これでも飲んでろ」

「ありがとう。気が利《き》くのね」

「本当はガキは帰れって言いたいけどな」

それは私も同感だ。

ここは六歳児がいていい場所では決してない。私以外の子が相手なら私も言う。

まあ、さっさと必要な話をして引き上げるのが、お互いにとってベストだろう。

あまり時間を掛けて、不信感旺盛《おうせい》なリノキスに心配を掛けるのも悪いし。不信感があろうと心配させていいわけではないし。

「……本当に気が利くのね」

アンゼルに出してもらったグラスを手に取り、気づいた。

酒じゃなかった。

さすがにこの年齢で酒は頼めないが出されれば仕方ない――と密《ひそ》かに期待していたが、アンゼルはカクテルで割るための果実のジュースを出してきた。……チッ、裏社会で生きてるくせに常識人め……出せよ酒をっ。ここはどこだ、ガキの遊び場じゃないだろうがっ。

まあ……怒っても仕方ないので、今はこれでよしとしよう。……酒が呑《の》みたい……

「それで？　誰か私と戦いたいって人は？」

ここに来るたび毎回言っている言葉である。

最初の二回は、アンゼル本人も含めて用意してくれたのに、それ以降はさっぱりだ。

どうもここら界隈《かいわい》で、私の評判と実力が広まりすぎたようだ。

まあ、仕方ないか。

例のなんとか犬とかいうチンピラ集団は、私が潰してしまったらしいから。

たぶん一年前にここでアンゼルとやりあった後に遊んだ、百人近いチンピラどもがそれだったのだろう。

あんな状況で、いちいち相手が誰でどういう事情があるのないのなんて、確かめていられるものか。だから知らない内に潰してしまっていたことになる。

彼らがその後どうなったかは知らないが……まあ手加減はしたし、誰一人死んではいないだろう。あれに懲《こ》りて更生《こうせい》している者もいるかもしれない。

あの夜の乱闘《らんとう》は、結構楽しかったことだけは憶《おぼ》えている。

良心の痛まない拳とは気持ちがいいものだ。

「もう誰もやりたくないってよ」

「あなたでもいいけど」

「俺もうやりたくねえ。勝てる見込《みこ》みがねえし、こうして仕事もできちまったしな」

おい待て。

すっかりバーテンダーに、酒場の経営者になってしまったというのか。

子供にも容赦しないアンゼルの素質は見込んでいたのに、真っ当に生きる気か。

「寂しいことを言わないでよ」

「あ？」

「もっと荒《あ》れて行きましょうよ。

逆らう輩は叩きのめして、邪魔な輩は蹴《け》り飛ばして、血の雨を降らせながら血塗《ちぬ》られた覇《は》道《どう》を目指しましょうよ。アンゼルにはそんな生き方がお似合いだわ」

「それがお似合いなのは確実におまえだろ。そんな物騒な覇道なんて一人で行け」

だから寂しいと言うのだ。

別に覇道を行くのに連れが欲しいなんて絶対言わない。だが、武であれなんであれ、強さを求める者がその道を諦めると聞くと、寂しいじゃないか。

たとえ敵対していようと、強さを求める同志だから。

同志が減るのは寂しい。

覇道は孤《こ》独《どく》、頂には一人しか立てないからこそ、余計にな。

「――このガキがリリーか⁉」

ん？

更生したアンゼルを、どうやって再び裏街道《うらかいどう》に引きずり込もうかと考えている時。

私のあだ名に振り返ると、これ見よがしのスキンヘッドでこれ見よがしにムキムキな大男がこれ見よがしに立っていた。

「おう、ここらの連中はなんでこんなガキにビビッてんだ⁉　こんなガキ一発で首の骨へし折ってやるぜ！」

と、私を見下ろしながらこれ見よがしにそんな啖呵《たんか》を切る。

周りの連中はクスクスニヤニヤしている。

この辺では何度も何度もあった、よく見る光景だからだろう。もうすっかり見慣れているのだ。ああまたか、今度はあいつがボッコボコにされるんだな、と。

……うーん。活きは良さそうなんだけどな。

大男っぷりでも、筋肉っぷりでも、学院の天破流師範代代理に負けているんだよな。もちろん強さも師範代代理が上だ。

こいつの場合は、ただガタイがいいだけのチンピラに毛が数本生えた程度である。

「ごめんなさい、今大事な話をしているから。向こうで静かに呑んでてくれる？」

「あ⁉」

「こいつは俺のおごりだ。あっちで大人しく呑んでろよ」

私が「向こうへ行け」と言うと、アンゼルも察したようでグラスに酒を注いでカウンターに置いた。

スキンヘッドの男は一気にその酒を呷《あお》ると、グラスをカウンターに叩きつけた。

「泣かしてやるから表に出ろよ、ガキ！　でもって次はバーテン、てめえだからな！」

「あ？　俺も？」

「用心棒が必要だって教えてやるよ！　上がりの半分でここに住んでやるからよぉ！」

とんでもない暴論が飛び出したが、アンゼルはやる気のない顔を一切変えなかった。

「ああそうかい。リリーより強ければぜひお願いしたいね」

特に動揺《どうよう》もない反応だな。場所的にもこういう輩は見慣れているのだろう。

つまりこのスキンヘッドは、いわゆるタカリか。

――じゃあ、良心は痛まないな。安心して殴れそうだ。

「アンゼル。あなたやる？」

「ケンカ売られてるのはリリーだろ。おまえに任せるよ」

ああそう。面倒だが仕方ない。もうちょっと強ければ楽しめるのにな。

「じゃあ表でやりましょうか。あ、ジュースはそのまま置いといてね。すぐ戻るから」

廃墟だったらここで戦ってもよかったが、もうここはちゃんとした酒場である。

汚すのも壊すもダメだ。ほかの客にも迷惑《めいわく》を掛けたくない。商売の邪魔もしたくない。

「呑んどけよ。もう二度と戻れねぇからな」

「はいはい、よしよし。優しく寝かせてあげるから行きましょうねー」

「俺をガキ扱いするんじゃねえ！　ガキはてめえだろうが！」

酒場を出た。

「今謝《あやま》れば許」

向かい合ってスキンヘッドが何か言った瞬間、私は彼の傍を横切った。

その際に腹に一発入れたが、周囲で見ていた酔っ払いには何も見えなかったし、殴られた本人もわからず意識を失ったと思う。

そのまま酒場に戻……おっと。

「財布《さいふ》の中身は少し残すこと。あと服を持っていくのは上着だけよ」

場所柄、ここで意識を失った者は身ぐるみを剝《は》がされる。誰に言うでもなく全部持っていくのはやめろ、とだけ言っておいた。

――で、だ。

「誰か強い人いない？　もういっそ魔獣でもいいのよ？」

スキンヘッドをさっさと寝かしつけて酒場に戻り、さっきの話の続きをする。

まあ、あまり期待はしていないが。

最初こそ挑戦者《ちょうせんしゃ》がいたが、今はぱったりだ。さっきのスキンヘッドももう挑んでこないだろうし。来ても困るけど。あれは弱すぎる。

だが、しかし。

「おまえの望みに叶えられるかどうかはわからないが、一つ面白い話があるぜ」

「ん？」

「近々、闇闘技場《やみとうぎじょう》で勝ち抜き戦をやるらしいぜ」

闇、闘技場？

――なんと闘争心《とうそうしん》を刺激する言葉だろうか。

「簡単に言えば、非合法の地下闘技場だ」

闇闘技場とは何か、と質問すれば、アンゼルはグラスを磨きながら簡潔に説明した。

「暇を持て余した金持ちどもが、人が本気で戦う姿だの血だの死だのを見たいっつー歪《ゆが》んだ欲望を叶えるところだな」

何それ想像通りでしかないけど望み通りのアレじゃない。

「そんな楽しそうな場所が、平和ボケで有名なこの王都にもあるのね。いいじゃない。とてもいいじゃない。なぜ今まで黙っていたのか不愉快《ふゆかい》に思えるくらいいいじゃない」

「言えばどうなるかわかりきってるからな。どうせ『見たい』から始まって『出たい』まで行くんだろ？」

まあ、否定する理由も材料もありはしないが。愚問《ぐもん》というほどにその通りでしかないが。

「無理だろ」

ずっと手元のグラスに向けられていたアンゼルの目が、私に向けられる。

「ゲスな貴人どもも多く出入りしている場所だ。有名人が行けば一発でバレるぞ。――なあ、リストン家のお嬢さん？」

……ふむ。

「どこかで私を見かけた？」

「俺は魔晶板《ましょうばん》を持ってるんだ。ここんとこおまえの顔は毎日観てるぜ」

ほう。ファンかな？

「そういうのは言わないのが暗黙《あんもく》のルールだと思っていたけど」

「言わなきゃ止めらんねえからな。

俺以外からこの話を聞いて、軽率《けいそつ》に闇闘技場に乗り込んで大騒ぎに……なんてことになったら、最終的にリストン家は終わるんじゃねえの？　と、釘《くぎ》を刺《さ》すためにな」

……それはまずい。私の最優先はリストン家だ。

「でも出たいわ。出たい」

しかしこんな心ゆさぶる話を聞かされて黙っていられるわけがない。強者の匂いがするのだ。絶対に行きたい。行きたい行きたい。

「年齢を考えろ。せめて『見たい』って言え」

「見るだけ、見るだけだから。出ないから。乱入とかしないから。絶対に触らないから。ね、いいでしょ？　見るだけ見るだけ」

「ここらでツケ払《ばら》いしようってバカより信用できねえよ」

だろうな。

私でさえ、我ながら信用できないことを言っているな、と思っていた。

「――どうしたの？　駄々こねてるなんて子供みたいよ？」

アンゼルがやる気のない溜息を吐くと、こんな路地裏の酒場には勿体《もったい》ないむっちむちの店員フレッサが、私の隣の椅子に座った。この胸はなんか詰めているのだろうか。大きすぎやしないか。

「私が子供以外に見えるかしら？」

「子供みたいなことはしないじゃない」

それは仕方ない。この人生を前世からの続きと考えると、子供のふりはきつい年齢だ。ただでさえ普段《ふだん》は無理しているんだから、ここでは無理はしない。

「例の闇闘技場の話だ」

「ああ、あれね。案の定出たい出たいってワガママ言ってたの？　内容は可愛くないけど行為《こうい》は可愛いわね」

頭を撫《な》でるなムチムチ。

「でも、出るのは難しいかもしれないけど、見るのは簡単じゃない？」

何⁉

「それを言う前にしっかり言い聞かせておきたかったんだがな」

なんだ、あるのか！　子供の私でも闇闘技場に行く方法が！

「つまりアンゼルは悪ふざけで私の反応を楽しんでいた、というわけね？」

「違うっつーの。俺にも事情があんだよ」

「事情？　……まあそれはいいわ。それより闇闘技場に行く方法、話してくれるのよね？」

「ああ、話す。つってもただの正攻法だぜ？」

アンゼルが提示した闇闘技場へ行く方法は、至極《しごく》真っ当かつ筋の通ったものだった。

なるほど、なるほど。

この子供の身では乱入しかないと思っていたけど、表から堂々と行けばいいと。そういうことか。

「でも変装は必須《ひっす》だからな。ただでさえ子供ってだけで目立つのに、その特徴《とくちょう》的な髪からして絶対にバレるぜ」

変装か。うむ、確かに必要だろう。

非合法の場に貴人の娘が出入りしているなど、貴人にとっては不名誉《ふめいよ》なことでしかない。リストン家に迷惑は掛けられない。

「――よし、早速準備しましょう」

いつやるのか、どこでやるのか、と必要な情報を一通り聞き出すと。

私はジュースを飲み干し、立ち上がった。

おっとそうだ。

「フレッサ」

「ん？」

私が立ち上がるのと同時に、仕事に戻ろうと立ち上がっていたフレッサを見る。

「ちょっとパンツ見ていい？」

「は？　……何してんのリリー？」

何って、フレッサのスカートを捲《めく》っているんだが。――太腿に巻いてあった投げナイフ仕込《じこ》みのベルトについては、見なかったことにしておく。只者《ただもの》じゃないのは最初から知っている。

そして、突然こんなことをされても動じないフレッサの男慣れもなかなかのものである。

「ありがとう」

「何が」

「下品な下着を見てくるって約束してたから。一応本当に見ておこうと思って」

「ああ、なるほど……いやその説明じゃわかんないわ」

「でも下品ではなかったわ。意外と可愛いパンツ穿《は》くのね」

「え、そう？　結構実用的で――」

「――おい。俺の酒場の風紀を乱すな。しかも俺の目の前で何してやがる。この店は女遊びできる店じゃねえんだよ」

アンゼルのじとっとした視線に追い払《はら》われるように酒場を出た。

まだ安らかに寝ている上半身裸のスキンヘッドの男を跨《また》いで、今日のところはこのまま帰路につくことにした。

単独行動する時間はあまり取れない。不信感は募《つの》るが、職務を全《まっと》うしているリノキスが待っているはずだ。

そもそも彼女もリストン家が雇っている人材、ある種リストン家の者とも言える。

できることなら彼女にも迷惑は掛けたくない。

だから、今日のところはこれで帰ろう――闇闘技場のことを考えながら。


――場違《ばち》い《が》な白髪《はくはつ》の子供が、「薄明りの影鼠亭」を離れた直後。

これまた場違いな侍女服の女が、地面に転がって寝ている上半身裸のスキンヘッドの男を跨いで酒場に入った。

「……」

入った途端、しんと静まり返る店内。

侍女は何一つ構わず、ついさっきまで白髪の子供が座っていたカウンターの椅子に着く。

「――余計な話はしてませんよね？」

開口一番、殺気さえ放ちながら、侍女はやる気のなさそうなバーテンダーを睨みつける。

「必要な話しかしてねえよ。――それと嬢ちゃん、前にも言ったがここは酒場だぜ？　酒を呑まねえ客は客じゃねえ。帰ってくれ」

「彼女に何かあったら、この場の全員を殺しますからね？」

「わかったわかった。とっととお引き取りを」

「彼女の情報を漏らしても殺しますからね？」

「相変わらず話が通じねえな……てめえが言いたいことだけ言うのは会話じゃねえだろ」

それはそうだ。

殺気立っている侍女――リノキスの目的は、会話ではなく警告と、場合によっては本当に口封《くちふう》じのために来ているのだから。

ニア・リストンが魔法映像《マジックビジョン》の撮影で王都に来るたび、ここに足を運ぶようになった。

かつては廃墟だった酒場が、今ではちゃんと営業している酒場へと生まれ変わった。

余計に来やすい状況が整い、余計に人が集まる場所となってしまった。

ニアの護衛として、またリストン家の侍女として。

どちらの仕事もこなすために行動した結果が、この警告である。

――ニアがここに通い始め、また通い続けるだろうと看破した瞬間から、リノキスは単身乗り込み警告を、そして場合によってはいろんな連中をねじ伏せてきた。

実はアンゼルとも何度かやりあっている。

実力が拮抗《きっこう》しているようで、いつも長引きそうになるので決着がつかないままだが――

本心はお互いに「もうやり合いたくない」と思っている。

リノキスは後の業務に支障が出そうなので、怪我は避《さ》けたい。

アンゼルは、この侍女が明らかにニアの関係者だとわかっているからだ。侍女に怪我でもさせてニアの怒りを買うことになったら最悪だ。

アンゼルが、知り合いの強者――フレッサを雇ったのも、リノキス対策である。

いざという時は二人掛かりで止めるために。

彼らにとってもリノキスは非常に厄介だ――何せ彼女を殺せば確実にニアが来るから。

リノキスも、侍女や護衛としては滅法《めっぽう》強いが……ニアはそもそもの桁が違う。

あれが本気になったら確実に破滅《はめつ》する。その気になれば国単位で。

「――ねえ」

ついさっきニアにしたのと同じく、フレッサが侍女の隣に座る。

「もういっそ、今度はリリーと一緒に来れば？　あの子もあなたと別行動するのに苦労してるみたいだし、そっちもリリーと私たちがここでどんな会話をしているか気になるんでしょ？　だったらここでも一緒にいればいいのよ」

「……」

リノキスは振り向きもせず、アンゼルを見据《みす》えている。

まるで他人などどうでもいい、頭さえ押さえればなんとでもなる、と言いたげに。

やれやれと肩《かた》をすくめて、フレッサは仕事に戻った。

「もう用事は終わっただろ、早く行けよ。リリーが待ってるぞ」

「……」

余計なことは一切言わず、会話のできない侍女は席を立った。


白髪の子供に続き、第二波たる侍女の来店も終わる。

「……見るたびにヤバくなってんな、あいつ」

アンゼルは溜息を漏らし、売り物の安酒を一杯《いっぱい》呷った。

――初めて来た時こそ同格くらいだったのに、今ではあの侍女に勝てる気がしない。毎回来るたびに強くなっているのがわかる。恐らくリリーが鍛えているのだろう。

もう勝てないな、と思う。侍女の実力はもうアンゼルを超えている。

そして今では、リリーよりも危険な存在になってしまっている。

リリーはまだ温厚《おんこう》だ。

話せばわかるし、明確な敵対行動を取らない限りは滅多なことで暴れたりもしない。

しかし侍女は違う。

特に会話ができないという辺りがとにかくまずい。歩み寄れない厄介者《やっかいもの》など厄災《やくさい》でしかない。しかも実力で排除《はいじょ》もできないと来た。

そんなアンゼルの気も知らないで、チンピラや貧乏《びんぼう》な無宿者どもが酒に酔って騒ぎ出す。

「どうしたもんかね……」

――客はどうでもいいとして、守るべき店を手に入れたアンゼルには、あの侍女は気が重くなる存在だった。

「今なんと？　もう一度お願いします」

「闇闘技場に行くわ、と」

「すみませんちょっとよく聞こえませんでした。もう一度お願いします」

「闇闘技場に行くわ。これで三度目よ」

「一応確認のためにもう一度いいですか？」

「闇闘技場に行くわ」

「今ここで私が泣いてすがって懇願《こんがん》したら諦めてくれます？」

「いつもそれで私が折れると思わないことね。私は行くわよ、闇闘技場」

「お父様に言いつけますよ」

「行ってないと言い張ってやるわ」

「子供じゃないんだからワガママはやめてください」

「どこからどう見ても子供じゃない」

――これはなかなかの拒否反応である。

アンゼルの酒場「薄明りの影鼠亭」から引き上げた私は、待ち合わせ場所にしていた喫茶店でリノキスと合流し、寮に戻ってきた。

紅茶を淹《い》れるリノキスに「下品な下着はどうなりましたか？」と問われて「意外と可愛いのしかなかった」などと返しつつ――日常会話のようにサラリと告げてみた。

闇闘技場に行きたい、と。

そして当然のように拒まれた。

最大の難関だろうと思っていたリノキスが、本当に最難関の反応を示している。

こんなにも止められたのは、こっそり未開の浮島に行こうとした時以来だ。思えば初めて泣いてすがられたのもあの時だっけ。味を占《し》めたのか、私を諦めさせたい時はいつもやるようになって……

でも今度はダメだ。

私は行く。闇闘技場に。

「そもそも闇闘技場なんて……どこで情報を仕入れたんですか？」

「それはいいじゃない。どうでも」

「全然よくないですけど——まあそこはいいです」

よかった。追及《ついきゅう》されたら困るからな。……追及しないのはバレてるからじゃないよな？

「でも、さすがに無理なんじゃないですか？　お嬢様はもはや有名人ですし、あまり危険な場所に行くのはリストン家の評判にも関わりますよ」

それはアンゼルにも言われた。

そして、それを回避する方法も聞いてきた。

「それに魔法映像《マジックビジョン》界隈にも少なからず影響を与えると思います。お嬢様は魔法映像《マジックビジョン》によく出ている人なので、お嬢様の悪評はきっと表面化しますよ」

……えっ。

「そうかしら？　それとこれとは無関係じゃないの？」

「リストン領のチャンネルは今、半分はお嬢様の人気と評判で保たれていると思います。多くの人が、汚れのない清廉潔白《せいれんけっぱく》な子供としてお嬢様を見ていることでしょう。だからこそ、それを少しでも逸脱《いつだつ》するような、あるいは裏切るような事実が露呈《ろてい》したら、結構な影響が出るのではないでしょうか」

それは……まずいな。

リストン家が最優先だが、次点はやはり魔法映像《マジックビジョン》関係である。

これからどんどん売り出さないといけないのに、それを邪魔するような真似はできない。

そして魔法映像《マジックビジョン》業界に悪影響《あくえいきょう》を与えるとなると、レリアレッドとヒルデトーラにも迷惑を掛けてしまう。

さすがに枷《かせ》とハードルとリスクが多すぎるな……

――だがしかし、闇闘技場はどうしても諦めきれない。

アンゼルも言っていた、というか、私が聞き出した理由は、「今回は急に特殊なルールを採用した」ことにある。

闇闘技場自体は毎週のように開かれており、定期的に死闘《しとう》が繰《く》り広げられているが。

今回は、特殊なルールを用意し、規模も大きくなって開催《かいさい》される。

これがどういうことか――アンゼル曰く「特別な手駒《てごま》を用意することができたという証明である」らしい。

主催者《しゅさいしゃ》がマフィアだか貴人だか知らないが、そっち方面の関係者たちは、見栄やメンツや楽しみ、あるいは賭けのために、常に闇闘技場に出る強者を探している。

そして、毎週行われている催《もよお》しに今回だけ特殊なルールを採用した、ということは――

――常にない、スペシャルな参加者を用意できたのではないか。今回限りの特別な強者が出るのではないか、と。

裏社会に関わってきたアンゼルは、そう睨んだ。

だから私に話したのだ。ずっと強者を探している私に。

「確証はないが」とは言っていたが、彼の推測に私は強く納得した。

仮に特別な参加者なんていなくても、とりあえずそこそこ強い人の殴《なぐ》り合いや流血が見られるなら、まだ許せるところもある。決して無駄足《むだあし》にはならないだろう。

そんな裏事情から、どうしても今回の闇闘技場行きは実現したいが……思った以上に私が行くのは難しいようだ。

……仕方ない。

「わかった」

「わかってくれましたか！」

「――絶対に出場はしない。見に行くだけにするわ」

譲歩《じょうほ》しようではないか！

行ってしまえばこっちのものだと思っていたが、さすがに出るのはやめておこう！

何、ちょっと外野から激しく挑発《ちょうはつ》して「向こうからケンカを売ってきた」的な形にすれば……いやいや、そういうのもちょっとやめとくか。

もう本当に行くだけ。本当に見るだけでいい。

そろそろ私が納得できるこの時代の強者を見せてくれ。

「お嬢様、場所が悪いって話なんですよ。行くとか行かないとか、出るとか出ないとかではなく」

「変装するから大丈夫よ。私だとバレなければどうとでもなるでしょ」

「百歩譲《ゆず》って変装でなんとかなるにしても、どうやって潜《もぐ》り込むつもりですか？　たとえ変装しても、こんな小さな子供が行ける場所ではないでしょう。

言っておきますが、私は協力しませんからね」

それだ。

最大の問題はそこだが、もう解決策も聞いている。

「その辺のことはもう考えてあるわ。実は――」

正攻法な解決策を自慢《じまん》げに言い放ってやろうと思った瞬間だった。

「――ニア！　いるかしら、ニア！」

子供の声とともに、激しいノックの音が飛び込んできた。

このタイミングで来客か。間の悪い。

　――間が悪いと思ったのだが、実際はその逆だったことを知るのは、すぐ後のことである。


　一時休戦した私とリノキスは、来客を迎えるべく気持ちを切り替えた。

　今の声と、気配から察するに――

「ニア！　聞いてちょうだい！」

　リノキスがドアを開けた途端、姫君らしからぬ勢いで飛び込んできたのは、第三王女ヒルデトーラだ。

　それに、彼女に強引に引っ張って来られたのであろうシルヴァー家のレリアレッドと、背の高い侍女もいた。

「とりあえず落ち着いたら？」

　額に汗さえ浮かべて、テーブルに着く私に詰め寄ってくるヒルデトーラに、少し冷めた紅茶を差し出す。リノキスに淹れてもらったものの、激しい行く行かない問答で口を付ける間がなかったものだ。

　それにしても、ヒルデトーラに会うのは久しぶりだ。

　確か、視聴者も参加するとかしないとかいう魔法映像《マジックビジョン》のアイデアを考えるという流れ以来、それっきりになっていたはずだが。

久しぶりに会ったヒルデトーラだが、この様子だと、どうやらいい企画ができたようだ。

そして今まさにそれを通達するためにやってきたのだろう。レリアレッドを連れて。

さて、私をあっと驚かせるような企画ができたのかな。そうであることを願おう。

フッ。

しかしながら私だって、ずっと魔法映像《マジックビジョン》という媒体《ばいたい》に関わってきた者だ。時には自分を捨て、時には公を捨て、心血と時間を注いで映像に出続けてきたのだ。

放送局の企画担当ほどじゃないにしろ、企画のことだってたくさん考えてきた。

こんな私を驚かせるようなものが、果たしてできたのだろうか。

――などと余裕をかました私だが、すぐに驚くことになる。

ヒルデトーラは遠慮なくカップを受け取り姫君らしからぬ豪快《ごうかい》な一気飲みを披露し――

落ち着くことなく言った。

「視聴者参加型の武闘大会をやりましょう！　魔法映像《マジックビジョン》で流すのです！」

…………

なんだと!?　武闘大会!?

急にやってきたヒルデトーラとレリアレッドが椅子に着き、リノキスが二人に紅茶を淹れた後、三秒で私を驚愕《きょうがく》させた武闘大会の詳細《しょうさい》が語られた。

「……はあ、なるほど。はあ……」

そして、興奮冷めやらぬヒルデトーラの口から熱意を込めて語られるごとに、逆に私の驚きと熱はどんどん落ち着いていった。

――そうだよな、と。そりゃそうだよな、と。

武闘大会。

言葉の響きこそ胸ときめき心躍《おど》り血肉騒ぐものの、話の主旨が違うということだ。

メインは武闘ではなく、魔法映像《マジックビジョン》の普及だから。

「――お嬢様、お気を確かに」

私の意気消沈《いきしょうちん》ぶりを、背中しか見ていないはずの後ろに控えているリノキスが心配して、小声で言葉を掛けてくる。

安心してほしい。大丈夫だ。私には闇闘技場がある。本命が残っている。だからヒルデトーラが意気揚々《いきようよう》と持ってきた武闘大会にがっかりしても大丈夫だ。ああ大丈夫だとも。大丈夫だし納得もしているとも。

「上手いこと考えましたね」

話自体は結構シンプルだったので、レリアレッドにも理解できたようだ。

内容を聞くごとに落ち着くどころか落ち込んでしまった私だが、まあこれは仕方ないことだと諦めるとして。本命が残っているので諦めるとして。本命があるから。……はあ。

「いいんじゃないかしら」

気を取り直して、私はそう言った。

レリアレッドの言う通り、上手いこと考えている。わかりやすいことも含めてだ。

「遠く離れた場所にいる人も観ることができる。それこそ魔法映像《マジックビジョン》の最大の売りよね」

ヒルデトーラが持ってきた武闘大会とは、学院主催《しゅさい》で、学院の生徒たちを参加者として企画されたものだ。

要するに、学院で一番強い者を決める大会だ。

アルトワール王国では、六歳から十二歳までが学院に通うのは、義務である。

そして、距離的《きょりてき》な理由で通えない者は寮に入り、家族から離れて暮らすのだ。

武闘大会の企画は、そこに目を付けた。

実践《じっせん》されている義務教育制度は、まだ歴史が浅い。

昔は有料の学校があった。貴人たちはともかく、今の庶民の大人には学校に通えなかった者もかなり多い。学費だの生活費だのが掛かるので、いろんな意味で難しかったそうだ。

つまり、庶民の大人は、自分の子供が学院でどんな生活をしているのかを知らないのだ。

そこで考えたのが、「学院生活の一部を公開する」という意味を含めた武闘大会である。

「まだ王国中に浸透《しんとう》しているわけではありませんが、中規模のホテルや飲食店には魔晶板を置いているところは多いですし、魔法映像《マジックビジョン》を観るための施設も少しずつ増えています。仕事などの都合上王都に来ることはできない。規則として部外者は学院内に入ることができない。子供たちと会える期間は長期休暇のみに限られる。

自分の子供が心配な地方の親はきっと多い。だから――」

学院でどんな生活をしているかわからない自分の子が、武闘大会に出場するなら？

親は一目でも、その勇姿を観たいと思うのではないか――そういう話である。

そう、要するに、武闘大会には子供しか出ないから強い人なんて出るはずないって話である。……はあ。がっかりだ。

発端《ほったん》である、視聴者参加型というアイデアにも則《のっと》っている。

親にとっては、己の子供という関係者が映るのだ。よっぽど家族が不仲でもない限りは、観たいと思うはずだ。

「子を想う親の心を利用して魔法映像《マジックビジョン》の認知度を上げようってわけね？　さすがヒルデ、策士だわ」

「ニア！　言い方！」

この場で言葉を飾っても仕方ないだろう。むしろ私はここは忌憚《きたん》なく意見できる場だと思っているくらいである。

「――いいのですレリア。ニアの言っていることは間違ってはいません。実際放送局の方々と企画を詰めている時にそういう声も上がりました。さすがヒルデちゃん腹黒だね、と。八歳児に言うことではないでしょうに。まったく」

それを言うなら、親の心を利用しようなんて八歳児が言うことでもないと思うが。……いや、私が言えることでもないか。歳に関しては私の方がよっぽどだから。

「でも、いいのです。わたくしは言ってやりましたからね」

ヒルデトーラはグイッと紅茶をすすると、言い放った。

「それが何か問題でも？　……と」

お、なかなか強気。

「お互いに損がない話なのに、利用するも何もないでしょう？　親の観たい欲求を満たし、私たちは魔法映像《マジックビジョン》の普及を目指す。どこか問題でも？」

…………

「まあ、問題があるとすれば、今のヒルデの顔がイラッとするくらいね」

「そうね。なんであんなに得意げなの？　どうせ放送局の大人たちと一緒になって考えてきたくせに。一人で考えたわけじゃないくせに。そもそものアイデアもニアが考えたのに」

「……言いますね、二人とも」

私とレリアレッドが軽蔑《けいべつ》の目を向けると、ヒルデトーラは嫌な空気を払拭《ふっしょく》すべく咳払《せきばら》いする。

「まあ……まあ、とにかく、企画自体はもう動き出しているので、あとはあなたたちの協力があれば助かるのだけど」

なるほど、もう企画としては完成しているのか。

ということは、私たちが協力しなくても、武闘大会をやることは決定しているのか。

「具体的に、私とニアは何をすればいいんでしょう？」

そう、問題はそこだ。それともう一つ。

「長期間拘束《こうそく》されるようなことになると、スケジュール調整が厳しいわ」

リストン領でもシルヴァー領でも、それぞれ撮影が始まっている。

確かにヒルデトーラに協力するとは言ったが、自領の撮影を疎《おろそ》かにしていいわけがない。

「わたくしどもがやるのは、いわゆる導入ですね。入り口を飾るというか。どうせ武闘大会が開催されれば、できることなどないもの」

確かに。

さすがに出たいとも思わないしな。子供たちの中に交じって出場してどうする。子供をいじめるような悪趣味《あくしゅみ》な真似は、私にはできない。

導入か。つまり武闘大会が始まるまでが仕事になるのか。具体的に何をするのだろう。

「いいですか？　まずは――」

――ヒルデトーラらの思わぬ訪問から、真面目な打ち合わせが始まってしまい。

それは夜まで続くのだった。

ヒルデトーラたちが来たことで中断された闇闘技場の話は、決してうやむやにはならず。

「それでお嬢様。闇闘技場の話に戻しましょうか」

空も暗くなり、客人たちが引き上げた直後に、肝心《かんじん》の話が再開された。

「一日置いておきましょう。もう話し疲れたわ」

予想外にも突発的な長時間会議となってしまった。もう今日はいいだろう。疲れた。頭が働くのを拒否している。

――学院で行われる武闘大会開催予定日は、かなり早かった。

本格的な大会の準備が始まれば、私たちの大会用の撮影も始まることだろう。

ヒルデトーラも考えたもので、昼休みや放課後などに撮影できるよう、すでにスケジュールを組んでいた。

あそこまでお膳立《ぜんだ》てされれば、もうやるしかない。

それがわかっているから、打ち合わせも気が抜けるものではなかった。

だが、肉体言語に訴《うった》えるのであれば丸一日だって動ける自信があるが、私は頭を使うことはあまり得意ではない。

きっと前世では「考えるより殴った方が早い」という信条でもあったんじゃなかろうか。

だから本当に疲れた。

今日はまだやっていない修行の型も、これからこなさねばならないのに……少し休ませてほしい。

「ダメです。大事な話は早めにきちんと済ませておくべきです」

しかしリノキスの対応は冷たい。絶対に闇闘技場には行かせない、という意思が伝わってくるようだ。

「大事な話も何も、行くのは決定よ？」

「了承《りょうしょう》した覚えはありませんが」

チッ、強情《ごうじょう》な弟子め……ここは一発かましておくか。師として。

「――弟子が師匠《ししょう》の決め事に逆らうな！」

カッと目を見開き怒鳴《どな》りつけてやると――リノキスの瞳がくわっと見開かれた。

「――あなたは私の師である前にリストン家の娘でしょうが！　リストン家の娘に相応《ふさわ》しくない場所に行かせるわけにはいきません！」

……ぐうの音も出ないとはこのことである。

強固な正論が、雲を突《つ》き抜《ぬ》けるほど高い見えない壁となってそびえ立ったではないか。

この弟子強いな……まさか師の怒声《どせい》をすぐさま切り返してくるとは。

もう口では勝てる気がしない。

「そもそもです。

ヒルデトーラ様方が来る前の話の続きになりますが、どうやって闇闘技場などという非合法な場に潜り込むつもりですか？　もう案はあると言っていましたね？　まさか協力者がいるんですか？」

うむ……

「まだいないわ。これからある人を説得するつもり。だからリノキス、こうしましょう」

「ダメです」

「もし交渉が上手くいったら、闇闘技場に行くことを許してちょうだい」

「ダメです」

「交渉が上手くいかなかったら、諦めるわ。それはもうきちんと諦める。約束する」

「ダメです。今すぐここで諦めてください」

「話くらい聞きなさいよ！　もう私の言葉を聞く前から否定の態勢に入ってるでしょ！」

「聞くまでもないじゃないですか！　ダメと言ったらダメなんです！」

取りつく島もないとはこのことである。

この弟子本当に強いな……奴め、泣いてすがる以上の技さえ持ち合わせているのか……

行く行くダメダメと、もう口の中がからからになるほど互いに言い続けて、子供のケンカのような夜が明けた翌日。

まさか前世ありの六歳にもなって、あんなひどい夜を過ごすことになるとは思わなかったが……まあ、もう、それはいい。

「――ダメですよ。絶対にダメですからね」

朝の支度《したく》をし、授業の準備をして、鞄を持ち、寮を出て、校舎へ向かう最中さえ、リノキスは背後からダメだダメだと繰り返した。

正直、もう彼女のこの執念《しゅうねん》には、折れざるを得ない気さえしてきたほどだ。

折れないけど。

武に関しては、私を諦めさせたら大したものである。

侍従《じじゅう》の同行が認められているのは、校舎の外までだ。中までは入れない。

「――絶対にダメですからね！」

同じように登校している周囲の子たちの視線など気にもせず言い放つリノキスと、もう完全に無視して校舎に踏み込む私。

朝っぱらから変な目立ち方をしてしまっているが、これぱっかりは仕方ない。

「――どうしたの？　何事？」

後ろからリノキスじゃない声を聞き、ようやく私は振り返る。

当然そこには侍女服のリノキスではなく、赤毛の少女・レリアレッドが立っていた。

少し後ろを歩いていたようだが、リノキスの猛追《もうつい》の声を聞きつけ走ってきたらしい。

「ちょっと意見の相違《そうい》がね」

言葉を濁してそれだけ言うと、「ああ」と彼女は頷く。

「わかった。ニアが悪いんでしょ」

なぜ断言する。まだ何も聞いてないくせに。……まあ、贔屓目《ひいきめ》に見ても十割私が悪いが。

「それよりちょうどよかったわ。レリアに頼みがあるの」

「悪いことには協力できない」

「まだ何も言ってないわ」

「どうせまたえぐいことでも考えたんでしょ？　人を傷つけたり貶《おとし》めたり血を流させたりする感じのことを。それで侍女にダメって言われてるんでしょ？　我慢《がまん》しなさいよ」

彼女は私をなんだと思っているのだろう。………まあ、考えなくもないところもあるが。でもその手のことは一日の六割くらいしか考えてないのに。

「あなたのお姉さんに会いたいってだけよ」

「おねえさん？　……リリミ姉さまのこと？」

「ええ」

身体測定の日から会っていない、リリミ・シルヴァー。

中学部・高学部の寮や校舎は、少し離れているが小学部と同じ敷地にある。なので、会いに行こうと思えば行けなくもない。

あの日、彼女の師に近いであろう師範代代理と勝負して破った後なので、ちょっと会いづらい気持ちもないではないが。

「……まあ、リリミ姉さまもニアにはまた会いたがっていたけど」

「だったら好都合ね！」

「その笑顔が嫌なのよ」

なんだと失礼な。

「リリミ姉さまをよからぬことに巻き込もうなんて思ってないわよね？　いくらえぐくてもそこまでは考えないわよね？」

「考えてない」

「本当に？　武闘大会直前の大事なこの時期に、余計な揉《も》め事《ごと》は起こさないわよね？」

「起こさない」

「……なんか信用できないのよね、ニアって……」

失礼な。本当に失礼な。失敬な。

だがリノキスよりは与《くみ》しやすい相手である。

あれは本当にとっかかりさえなく、会話が成立しないレベルで拒絶《きょぜつ》していた。会話ができる分、レリアレッドの説得は可能であろう。

——それこそ子供の手を捻るが如くな！

こうして私は、放課後までの時間をたっぷり使い、レリアレッドを籠絡《ろうらく》してリリミに会う約束をこぎつけたのだった。

これで第一関門突破《とっぱ》。

闇闘技場に一歩近づいたことになる。

学院生活が始まって二週間以上が経っている。

私やレリアレッド、ヒルデトーラも、魔法映像《マジックビジョン》関連で忙しくなってきているのだが。

それでも空いた時間がないわけではない。

なので当初の予定通り、レリアレッドは天破流のクラブに所属した。中学部にいる姉を追って、という面もあるようだ。

時間を掛けてじっくりとレリアレッドを説得し、放課後には今日のクラブ活動の場に連れて行ってもらうことを了承させた。

用事があるのは、正確には彼女の姉ではないのだが。まあそれはいいだろう。

――幸い、拒絶タイプの侍女であるリノキスはいつも寮の部屋で帰りを待っているので、私も放課後は少しだけ時間があるのだ。

もっともあまり時間が過ぎると、確実に捜しに来るだろうが。

敷地《しきち》外《がい》に出る余裕はないが、学院内のちょっとした寄り道くらいなら、怪しまれずに済むだろう。

というわけで、このまま寮には戻らず、レリアレッドとともに天破流の子たちが学んでいる場所へ行くのだ。

「ニアは天破流のクラブに入らないの？　修行しているんでしょ？」

「ええ。でも間に合ってるから」

今のところ、天破に限らず教えを請《こ》いたいほど強い者にも出会っていないし。属する意味も理由もないだろう。

「でも興味はあるわね」

天破流のクラブといえば、あの岩みたいな大男が師範代代理をやっているのだ。

あの身体ならちょっと本気で殴っても壊れることはないだろう。それはとても魅力的《みりょくてき》だ。

「あ、今また流血沙汰《ざた》になりそうなこと考えたでしょ？」

「いいえ？」

なぜわかる。

師範代代理を殴り飛ばす想像をしたことがなぜわかる。

まだ一ヵ月足らずの短い付き合いなのになぜ……まさか私がわかりやすいのか？　意外とわかりやすいのか？

レリアレッドとそんな話をしながら校舎を出て、一緒に寮とは違う方へと向かう。

私は行ったことはないが、学院の広大な敷地のそこかしこに、クラブに使う建物が点在しているそうだ。

天破流のクラブが使用している道場もその中の一つで、そこでは小中高と学部を問わず生徒が集まり、汗を流しているとか。

「どう？　天破流は楽しい？」

「何その上から目線の質問」

多少目線が上からになるのは仕方ないだろう。同じ六歳でも私は前世ありだ。

「言っとくけど、あんたの侍女より私の侍女の方が強いんだからね」

ああ、そういえば、お互い侍女から武術を習っているという設定だったな。

レリアレッドは実際そうなのだろうが、私は逆である。

――そろそろ折を見て侍女同士で戦わせてみたいが、今優先すべきは闇闘技場である。

侍女同士の戦いは後でいい。

「そういえばニアの流派ってどこなの？」

「さあ？　あまり気にしたことがないから」

「でも天破ではない――あっ」

あ？

「ニア、余計なこと言わないでね。いきなり殴るのもなしだし、とにかく血が出るようなことはダメだからね」

……？　急になんだ？　……あ、あれか。

「私あんまり時間ないんだけど」

早くしないとリノキスが捜しに来てしまう。

「仕方ないでしょ。我慢して」

そうこう言っている間に、木刀を持った男の子六人ほどに囲まれた。

どうも待ち伏せされていたようだ。

殺気や敵意といったものが一切なかったから、遠目にはただの子供の集まりにしか見えなかったのだが。

……体格の違いからして、三年生か四年生くらいかな。私たち一年生と比べると、かなり大きく見える。まあそれでも子供だが。

「――レリア。天破なんて辞《や》めて、剣術道場に来いよ」

男の子たちのリーダー格であろう子が、堂々と言い放った。

そうか、引き抜き目当てか。天破流を辞めさせて自分たちのクラブに来いと。そういう用事か。

「知り合い？」

「知り合いっていうか……なんて言えばいいんだろう」

なんとも一言では言えない仲のようだ。

「えっと、師範代代理のライバルの教え子、ってことでいいのかな。私とこいつらの面識なんて、ここで何回か会ったくらいよ」

師範代代理のライバルの教え子。

なるほど、レリアレッドと直接関係があるわけじゃなくて、道場主同士の因縁《いんねん》から来ているのか。

「――ルジン！　やっぱあれニアだよ！　ニア・リストン！」

「――わかってるよ！　見りゃわかんだろ、あの白髪《しらが》頭は！」

こっちでこそこそやっている間に、向こうもこそこそやっていた。私も有名になったものだ。手を振ったら「うおお本物っ」と少し沸いた。人気者になったものだ。

だがリーダー格のルジンとやら。

せめて白髪《はくはつ》と言ってほしい。精神年齢は老いているかもしれないが肉体年齢は間違いなくぴっちぴちの六歳児だからな。

「ちょうどいい！　レリアと一緒にニアもうちの道場に来いよ！」

え、私も？

ルジンがついでにとばかりにそんなことを言うと、連れの男の子五人が「うおおおおっ」とそこそこ沸いた。……まあ？　歓迎されると悪い気はしないけど？

「私は天破流じゃないから遠慮するわ」

「俺たちは気にしないぜ！」

おっ、清々《すがすが》しいほど綺麗な返事。でも私が気にするのだよ。

「ルジン、今日は勘弁《かんべん》して。ニアは本当に無関係だから」

レリアレッドが私の前に出て、庇うように言う。おお……こんな子供が私を庇ってくれるというのか。兄に庇われた時もときめいたが、レリアレッドに庇われるのも悪くない。非常に凛々《りり》しくて可愛い。小遣いをあげたくなる。

「言っとくけど、あんたたちのために言っているのよ。ニアには関わらない方がいいから」

ん？

「この子は危険よ。本当に危ないから」

……あれ？

「レリア？」

私を庇って可愛いなぁと思ったのに、実は逆なのか？

これは彼らを私から守るための構図なのか？

「早く行って。目を付けられる前に」

「レリア？」

「私が抑《おさ》えている内に早く」

「レリア？」

「何ぼーっとしてるの!?　早く行きなさいよ！」

「おい」

さすがにもう誤解じゃないってことでいいんだな？　彼らを庇っているということでいいんだな？

……レリアレッドの前で暴れたことなんて一度もないんだけどな。なんだってこんな認識をされているのか。

…………

まあ、あながち間違いではないけど。

もし私がいなければ、年下の女の子一人を男の子六人が武器を持って囲んでいる、という状況になってしまう。

武に関わる者としては、看過できるものではない。もはや鉄拳《てっけん》制裁で教育するのが望ましい案件である。ゆえに彼女の言葉はある意味正しい。

……レリアレッドがこの場を収めるつもりなら、まあそれでも構わないが。

これが大人ならまだしも、子供同士の揉め事だ。子供同士のやり取りに私が首を突っ込むのも遠慮したいし。

「よくわかんねぇけど、とにかく俺たちと来いよ！」

向こうのルジンは、切り返しが綺麗だな。リノキスと同じくらい話を聞かないタイプなのだろうか。

「そもそも天破なんて弱いだろ！」

それは同感だ。

天破流にはがっかりしかさせられていない。強い天破なんて見たことがない。もう強者なんていないんじゃなかろうか。

「身体測定の時の勝負でも、天破は他流相手に素手同士で負けてたじゃねえか！」

間違いのない事実である。私の弟子がやったからな。

「せっかく強くなれる機会があるのに、なんでよりによって弱いところを選ぶんだよ！」

まったくだ。

本当に強くなりたいなら天破なんてやめておけ、と私も言いたい。

――レリアレッドがどんな気持ちで聞いているのかは、彼女に（彼らが）庇われている格好なのでよくわからないが。

弟子としては、己の師や流派をバカにされて、怒らないわけがない。

ただ。

それでも一つも言い返せないほど、矢継《やつ》ぎ早《ばや》に放たれるルジンの言葉は、鋭《するど》くも的確に痛いところに突き刺《さ》さった、ように私には思えた。だって天破ってそうだから。

だが、しかし。

「だいたいなんで素手で戦うんだよ！　武器があった方が強いに決まってるのに！」

――その言葉は聞き捨てならなかった。

「ねえ」

「あ、ちょっ、ダメだってっ」

レリアレッドを脇《わき》に押し、私は前に出た。

「天破流を馬鹿にする分には何も言わないけど、無手を虚仮《こけ》にするのは見過ごせないわね？」

武器があった方が強い？

何を言っている？

——武器を持とうが持つまいが、より極みに近い方が強いに決まっているのに。

「そもそもこれは何なの？　武器を持って女を囲むこの行為は何？」

私が前に出た以上、もうこのままで終わらせる気はない。

「返答次第では怒るから、心して答えなさい」

——返答次第では、曲がった性根《しょうこん》の矯正《きょうせい》がてら説教して、ほんのちょっと可愛がってやろうではないか。

「しょ、勝負しに来たんだよ！」

静観の姿勢を見せていた私が出てきたからか、それとも子供ながらに私から何かを感じているのか、ルジンは戸惑っているようだ。——この子は勝負勘《かん》みたいなものが良さそうだな。鍛えれば強くなりそうだ。

「勝負？　どういうこと？」

「………………」

男の子たちは気まずそうにして答えないので、今度はレリアレッドに聞いてみる。

「最初は二人で来たんだけど、私が返り討ちにしたから。そしたら毎回一人ずつ増えるようになって」

へえ。

「レリアって強いのね」

ただの六歳が、武器を持った年上複数名に勝ったのか。将来有望ではなかろうか。

このくらいの年齢なら、武がどうこうより数や道具で大きく左右されるだろうから。

「まあね！　今はあんたの方が強いかもしれないけど！　でもいつか必ず倒……だからなんで笑うのよ！」

「笑ってないわ。微笑ましいなと思って」

「それも笑いの一種よね⁉」

広い括《くく》りで言えばそうだろうけど。でも意味は全然違うと思うが。

「まあ、だいたいの事情はわかったわ」

怒るレリアレッドを放置し、男の子たちに向き直る。

「あなた。さっき『武器がある方が強い』って言ったわね？　ちょっと構えてみてくれる？」

「え？」

やはり私と相対すると戸惑いを隠《かく》せないルジンが――

「――もう構えなくていいわ」

私の言葉と、私の動きに反応するより先に、彼が右手にぶら下げていた木刀が空気を割《さ》いて遠くへ飛んでいった。

もう構えなくていい。

すでに蹴ったから。

真正面から、比較的《ひかくてき》ゆっくりと、ただの前蹴《げ》りを放っただけだ。

――彼らの様子だと誰も見えなかったみたいだが。そんなに早く動いてないけどな。

「で？　武器がある方が強いあなたが、武器を失った今、どうするのかしら？」

平時なら、ここからネチネチと説教する流れだ。

素手がいかに強いか、素晴らしいか、臨機応変かつ大胆不敵《だいたんふてき》な立ち回りを可能とするか、武器なんてしょせんただの道具に頼るなとか、聖剣《せいけん》だって魔剣《まけん》だって簡単に折れるのにそんな心細いものにすがるなとか、筋肉は裏切らない裏切るのはいつも己だとか、万の言葉を尽《つ》くして言ってやるところだが。

今は本当に時間がないので、これで勘弁してやることにする。

大人なら二、三発は殴っているが、さすがに子供に手を上げるのは、いかな理由があろうと良心が痛む。

あまり敵意も害意もなさそうなので、こんなものでいいだろう。

それに、私の白髪は遠目でも目立つんだ。

こんな見通しのいい場所に長々いたら、すぐリノキスに見つかってしまう。早く天破の道場まで移動しないと。

何が起こったのかわからない彼らを置いて、こちらも唖然《あぜん》としているレリアレッドの手を取って私は歩き出す。……今手を取った瞬間ビクッとしたのは、いつか痛い握り方をしたのを思い出したからだろう。ごめん。もうしないから。

――だが。

「ちょっと待ってくれ」

行こうとした私とレリアレッドに、別の横槍《よこやり》が入った。

「サノ先輩《せんぱい》!?」

近づいてくる制服姿の男は、私を含む子供たちに比べてかなり大きい。恐らくは中学部の生徒だろう。

そしてルジンほか男の子たちが名前を呼んでいるので、彼らの知り合い……あるいは仲間のようだ。木刀も持ってるし。

まだ童顔ながらなかなか顔立ちの整ったサノと呼ばれた男は、男の子たちに見向きもせず、まっすぐに私を見ていた。まあ男前だが兄には負けるな。

「俺はサノウィル・バドル。道場でこの子らの指導をしている中学部生だ」

ふうん。サノウィル、か。

果たして覚えておく価値のある名かな。

「さっきの蹴りを見ていた。ぜひ俺と勝負してくれ」

……いいな。

見た感じはただただ未熟で貧弱《ひんじゃく》だが、それでも武人だとは思った。

しかも、生意気にも心はいっぱし気取りか。

正面から堂々と勝負を挑まれるなど、武人の本懐《ほんかい》。私のあの蹴りを見て挑みたいと思うなら猶更《なおさら》だ。

たとえやる前から勝負が見えているとしても、嫌いではない。

私はこういうのでもいいのだ。

「――ニア、まずいよ」

レリアレッドが耳元で囁く。

「――サノウィル・バドルって、去年の武闘大会中学部の剣術部門優勝者よ。さすがにあんたでも勝てないって」

ほう。これで優勝できるのか。

この程度で。

……うん……うーん。

まあいいけど。子供の武闘大会のレベルが低くても。

ただ、今は非常に間が悪い。

「してもいいけど私には時間がないの。場所を移すこともできないし待つこともできない」

「ちょっと！　ダメだって！　そっちも止めてよ！」

レリアレッドが必死になって、たぶん今度こそ私を庇うつもりで声を上げる。可愛いな。

あとで小遣いをやろう。

でもやめないけど。

武人が立ち会ってほしいと言うなら、応えるのもまた武人の務め。断る理由がないなら受けて立って然《しか》るべき。

「後輩《こうはい》の前で負ける覚悟があるなら、今すぐここで立ち会いましょう」

サノウィルは何も言わず、木刀を構えることで返答した。

ピン、と空気が張り詰める。

先ほどまでのぬるい雰囲気が、重い緊張感を帯びる。

さすがのレリアレッドも、こうなってしまうと黙るしかない。

まあ、それもほんの数秒だけだが。

「これでいいかしら？」

「——っ⁉」

今度はやや速めに動いてみた。

一歩踏み込んで間合いに入り、手刀を振った。そして正眼に構えたままのサノウィルの木刀を中ほどで斬《き》り落とした。

彼には、私がいきなり目の前に現れたようにしか見えなかったのだろう。

手刀を下ろした型のままの私から、慌てたように飛び退《すさ》って距離を取り——持っていた得物がすでに手遅《ておく》れになっていることに気付いた。

唖然と斬れた木刀を見詰める彼に、

「はい」

落とした半分を、投げて返した。

「もういいわよね？　失礼」

「「…………」」

誰も何も言わない。

今目の前で起こった出来事を、飲《の》み込《こ》むことも消化することも理解することもできないのだろう。

まあ私の知ったことではないが。

手を握るとやはりビクッとするレリアレッドを連れて、今度こそ道場へ向かうのだった。

「――何よ!?　さっきの何なのよ!?」

道場の前まで引っ張ってきたレリアレッドが、ようやくさっきの現象を飲み込んだようだ。

「ごきげんよう」

「無視しないの！」

フッ、案内ご苦労だったなレリアレッド。ここまで来たらこっちのものだ。

騒ぎ出したレリアレッドを無視して、挨拶しながら道場を覗くと……稽古《けいこ》の準備をしている門下生数名と、石像のように座しているあの岩のような師範代代理の姿が見えた。

レリアレッドの姉であるリリミは、まだ来ていないらしい。

まあいい。

私が本当に用があるのは、あの岩男の方だから。

「師範代代理、お久しぶりですー」

少し声を張ってみると、私に気づいていなかった門下生たちも振り返るが——

「——ニア・リストン⁉」

それより何より、師範代代理の反応が大きくも激しかった。

「君の侍女はいるか⁉　ぜひ再戦を求める！」

ズドドドドと重い足音を響かせ駆《か》け寄ってくると、私を素通《すどお》りして周囲を見回す。

想像通り、クラブ勧誘での一戦がずっと尾《お》を引いているようだ。

——うむ、武人ならそれでいい。一回や二回、ましてや百回負けようとも、己が納得いくまで戦い続ければよいのだ。

闘争心が尽きぬ限り勝負は続けられる。

心が折れた時こそ、本当の敗北となるのだ。

「今日は連れてきていないわ」

「あ、そう…………なんだ。そうか」

なんとがっかりした顔であろうか。しっかりしろ、師範代代理。門下生が見ている前で露骨にしけた顔をするな。肩を落とすな背中を丸めるな。弟子は結構そういうの見てるんだぞ。

これはもう、さっさと話を切り出した方が早いか。さっき絡まれたのもあって本当に時間がないし。

「それより頼みがあって来たのだけど。少しお時間いただける？」

「はあ……頼み」

ほんとにしっかりしてくれ。頼むから。私の闇闘技場行きが掛かっているんだから。

「――その名をどこで聞いた？」

どうしても同席したがるレリアレッドを、「さっきの木刀斬ったアレのやり方を教えるから」と約束して追っ払《ぱら》い、道場のすぐ横で師範代代理と立ち話をする。

道場に上がれとも言われたが、時間の都合上、この場ですぐに本題に入ることにした。

そして、私から「闇闘技場」の名を聞いた師範代代理は、露骨にがっかりしていた顔を急に引き締《し》めた。

真剣な面持《おもも》ちの師範代代理に対し、私はニヤリと笑う。

やはりか。

やはり知っていたか。

「スカウト、受けたことあるんでしょ？」

そこそこ腕の立つチンピラや武闘家であれば、裏社会からその手の誘《さそ》いは来るもの。

そう考えて会いに来たわけだが、予想は大当たりだった。

「俺の質問に答えてくれ。闇闘技場の名、どこで聞いた？　子供が知っていていいものではない」

「とある酒場で」

そして、私がそこへ行く方法も教えてくれた。

その答えが、この男だ。

「さ、酒場……？　君は六歳で酒場に出入りしているのか……？」

…………

さすがに大の大人の大男が大いに引いている顔を見ると、六歳児である我《わ》が身《み》が非常識極まりないことばかりしていると思い知らされる。

が、今はそんなことはいいのだ。

「私にも事情が……いえ、あなたと同じ感情があるの」

「同じ感情？」

「――強い者に会いたい。できれば己より強い者に」

ついさっき師範代代理がリノキスを捜したのも、強い者を求めた結果だ。

私の欲求は、さっきの彼のそれと何ら変わらないと思う。

ただ、私の場合は、私より強い者が滅多にいないというだけで。

だからこそ、今度の闇闘技場のイベントは、どうしても行きたいのだ。

「今度闇闘技場で勝ち抜き戦をやるらしいわ。そこに強者が出場する可能性が高いの。私はぜひその人を見たい。あなたも同じ気持ちでしょう？」

「う、むう、まあ、見たくないとは言わんが……」

だろうよ。

武に生きる者が強者、達人がいると聞いて、血が騒がないわけがない。

「師範代代理」

「俺の名はガンドルフだ」

「ガンドルフ、単刀直入に言うわ。――私を闇闘技場に連れて行って」

「いや連れて行って、と言われても……無理だろう。齢六歳の子供を連れて行けるような場所ではない。しかも君は貴人の子だ、危険な場所に近づくことは自ら避けなさい」

そういう模範《もはん》解答はもういい。リノキスとの行く行くダメダメで、うんざりするほど聞いている。

最初からそれを承知の上で言っているのだ。わからず屋どもめ。

「いいから連れて行って――あなたの娘として」

「むすめ……娘⁉　俺の⁉」

そう、これこそアンゼルが教えてくれた「闇闘技場へ行く」である。

単純な話、客の連れ、身内として正面から堂々と同行すればいいのだ。

「武闘家として英才教育している娘を、後学のために見学に連れて行く。そんな感じで同行させて」

「いやいや無理だ！　一から十まで全部無理だ！　そんな無茶《むちゃ》には協力できん！」

――まあ、断るよな。

良識のある大人なら拒否するよな。賛成なんて絶対しないよな。やや良識に欠けた酒場の新米マスターでさえ子供に酒は出さないくらいだ。かなりハードルの高い注文だよな。

「連れて行ってくれるなら、あなたが今より一つ上の強さを手に入れる方法を教えるわ」

「いやそういう問題では――」

「構えて。どうせいくら口で言っても説得力がないものね。実践してみせるから」

「だからね、そういう問題じゃないんだよ」

「――強くなりたくないの？　力が欲しくないの？」

武闘家にとってその言葉が持つ魔性《ましょう》の響きは、意中の異性の誘惑《ゆうわく》に勝ることがある。

武に入れ込んでいる者であればあるほど、その効果は増す。

――私自身の弱い部分を的確に突《つ》いているのだ、同じ道を行く者に効果がないわけがない。というか私だって誰かにこんな話を持ち掛《か》けられたいくらいだ。「力が欲しいか？」って。言われてみたい。

「…………」

ガンドルフには、やはり効果があった。

魔法の言葉に囚《とら》われて、言葉が出なくなってしまった。

「一回だけ試《ため》しましょ？　今から私がやることを体感して、欲しいと思えば私の話を呑む。欲しくないいなら私は諦める。

こんな感じでどうかしら？」

この提案を、ガンドルフは呑んだ。

「――よし、いいだろう。なんでもやってみなさい。ただし、ダメなら諦めるんだぞ。あと侍女と再戦させてくれ」

いいとも、いいとも。なんでもいいとも。

話を呑んだ時点で、もはや結果は見えているのだから。

「……悪くはないけど、良くもないのよねぇ」

向かい合い、構えるガンドルフ。

それを見て私は少々もやもやしていた。

隙の少ない、熟練を感じさせる構えだ。一朝一夕《いっちょういっせき》でできるものではない。ポーズではなく意味を理解している者の構えだ。

ただでさえ岩のような筋肉なのに、構えた姿は鉄塊《てっかい》というべきか。

だが、それだけ。

ただの鉄の塊など、脆弱《ぜいじゃく》なだけだ。

「――っ⁉」

油断なく見据えていたガンドルフの目の前で、私は普通に近づいて、奴の背中に触れた。

弾《はじ》かれたように飛び上がって離れ、また構える。

動揺を隠せないまま。

私の速度、気配の配り方、足さばき、身のこなし。

どれ一つ取っても、きっとガンドルフの想像の上を行くものだった。だから何の反応もできなかったのだ。

「時間がないから、あと一回だけ触るわ。あなたならそれで納得できるでしょ？」

あと一回でいいだろう。

この実力差がわからないほどの素人ではないはずだ。

「……」

ガンドルフはごくりと喉《のど》を鳴らした。

やはり、理解してくれたようだ。

勝負を呑んだ時点から、結果は明白だった。


――荷が重い仕事だった。

悪党がよく使う安い酒場の個室には、三人の男がいた。

テーブルに着く交渉役《こうしょうやく》のナスティン。

付き添《そ》いのダウ・フェイタは立ったまま壁に寄りかかり、様子見をしている。

この二人は黒服。闇闘技場の関係者だ。

そして、ナスティンの正面に座る冒険家――

「――強き者はいるか？」

アスマ・ヒノキ。

「もちろん。スラムのないこのアルトワール王都の腕自慢《うでじまん》が集まる場所、それが闇闘技場ですから」

この男は危険だ。

たくさんの悪党を、それも少しばかり深い位置にいる悪党を見てきたナスティンは、眼前の男と向き合うだけでひどく緊張していた。

剣鬼《けんき》の異名を持つ冒険家。

なぜそんな異名が付けられたのか、会ってみてよくわかった。

この男は危険だ。殺しをなんとも思わないほど、生き物を殺し慣れている。きっと息を吐くような感覚で殺せる。魔物《まもの》も、きっと人もだ。

そんな悪党もいなくはないが、それに己の実力という凶器《きょうき》が備わると話が違う。

危険なことができる者と、危険そのものの人物では意味が違う。

この男は、間違いなく後者だ。

「強い者を求めるなら、ぜひ闇闘技場に来てください。我々はいつでも強い人を歓迎します。あなたのような強い人を」

こういう交渉事は、ネヒルガという小悪党が得意だったのだが。

一年前、ガキのチームの解散とともにアルトワール王都から消えてしまった。まあ裏社会のチンピラが忽然《こつぜん》と姿を消すなどよくあることなので、すぐに誰も気にしなくなったが。

いまだに気にしているのは自分くらいだろう、とナスティンは思っている。

奴が抜けたせいで、厄介な交渉事を押し付ける相手がいなくなったから。

「その闇闘技場とやら、人を殺していいのか？」

この言葉からわかる通り、剣鬼は人を殺したがっている。

殺しに抵抗がないどころの話ではない。なんでこんな危険人物が野放しなのか。国は何をしているんだ。冒険家とかいう連中の方が、裏社会の悪党なんかよりよっぽど危険な存在だろうに。あー早く帰って風呂入ってエール呑《の》みたい。この席のことを忘れるくらいべろんべろんに酔っぱらいたい。

……などと考えているナスティンだが、そんな思いは一切顔に出さない。

「殺してもいいですが、できれば殺しは極力抑えていただきたい」

「なんだと？　俺を呼ぶくせに殺すなと言うのか？」

「後始末が面倒なので」

暗に「おまえも街中《まちなか》で人を殺せばどうなるかわからないぞ、いくら非合法の闘技場でもな」と言っているのだが、伝わっているのかどうか。

「……ふむ。平和ボケのアルトワールは、裏でも健在か」

平和ボケの何が悪い、とナスティンは思った。おまえのような危険人物ばかりいたらまともな人間なんて一人もいなくなるだろ、と。

「しかし殺しても構わんのだろう？　俺は強き者を食らい、より強くなりたい。そのために剣を握っているのだ」

よくわからない理屈《りくつ》だ。

強い者を殺したって自分が強くなるわけではない……と思うのだが。強さに溺《おぼ》れる連中の考える理屈は、頭脳派のナスティンには理解できない。

「――だが、そうだな。俺も弱い者を嬲《なぶ》り殺しにする趣味はない」

と、剣鬼はナスティンの後ろに控えるダウ・フェイタに視線を向ける。

「そこの男くらい強き者は殺す。それ以下なら生かす。これでどうだ？」

どうだ、と問われ。

「いいだろう」

答えたのはダウだった。

「詳細は追って知らせる。行くぞナスティン」

まさかの交渉役を無視しての交渉成立だった。

「――ダウさん、俺を介《かい》さずに話を進めないでくれ」

酒場を出たところで、ナスティンは前を行くダウに文句を言った。

この二人、同じ裏闘技場の関係者として顔見知りなだけで、一緒に仕事をしたのは今回が初めてだ。

ナスティンはダウという男がどんな人物なのか知らない。ボスの護衛の一人、くらいの認識だ。

交渉はナスティンの仕事である。

闇闘技場を仕切っている、とある貴人に直々に頼まれたのはナスティンである。一年前ならネヒルガに押し付けたとは思うが、それでもだ。

交渉に関する規制と譲歩案《じょうほあん》もしっかり頭に叩き込んできた。ネヒルガはノリと勢いで押すタイプだったが、ナスティンは事前にしっかり用意をするタイプだ。

だからこそ、付き添いに仕事を邪魔されるのは、納得がいかない。

「気にするな」

だが、ダウは取り合わない。煩《わずら》わしげにネクタイを緩めている。

「あれなら俺たちの方が強い。何か問題を起こしたら俺たちが始末する」

「俺たち、って……」

そこまで言って、ナスティンは口を噤《つぐ》んだ。

――「脚龍《キーロン》」だ。

少数精鋭《せいえい》の殺し屋集団の名である。

「平和ボケのアルトワール」と言われるほど武力に劣《おと》るこの国は、これまで何度も海外マフィアに狙《ねら》われてきた。

それらの牽制《けんせい》、あるいは抗争《こうそう》で最前線に立ってきたのが「脚龍」だ。潰した組織は十を超え、いくつかの要人暗殺にも関わっている。裏に詳しい者ほど彼らの危険さをよく理解している。

薄々勘付《かんづ》いていたが、やはりダウはその一員なのだろう。ダウの名も組織の名も、どちらもウーハイトンの関係者っぽいので、きっと。

確かめたことはないし、確かめる気もない。深入りしたくないのだ。だが間違ってはいないと思う。

あくまでもナスティンは頭脳派の裏の住人。もっと言うと金勘定《かんじょう》方面が得意分野だ。

ヤバい脳筋連中に深入りしても、いいことなど何もない。命が危《あや》ういだけだ。

「……まあ、何かあったら頼むよ」

少々納得いかないが、ひとまず交渉は成功した。

剣鬼は危険な男だが――「脚龍」も危険だ。

もしもの時は脳筋同士で解決してくれればいいだろう。

「ただ、あの剣がな……」

「剣？」

剣鬼は冒険家である。さっきの席でも武装……反り返った剣を持ち込んでいた。

「一応ボスに報告しておいてくれ。奴の剣、普通じゃない。不吉《ふきつ》なものを感じた」

「…？　よくわからないが伝えておくよ」

意味がわからない、と思ったナスティンだが。

「――不吉な武器ってのは、更なる不吉を呼ぶんだよな」

ダウがぼそっと呟《つぶや》いた言葉に、なぜだか背筋が寒くなった。

裏社会の者として、脅《おど》し文句《もんく》の類など、聞き飽《あ》きているのに。その言葉は妙《みょう》に心に残った。

嫌な予感がした。

アンゼル

裏社会で雇われのボディガードをやっていた青年。ニアに敗れて、再戦するも負けて、更に挑戦する気持ちが折れたと同時にボディガードを引退。縁があって酒場の主人として落ち着く。

Status

年齢

20歳

肩書・役職

元裏社会のボディガード
転身して現在は酒場のマスター

好きな戦い方

契約武装の鉄パイプ。

ニアと戦った時の感想は？

本当に人間なのか疑うくらい
強いと思った。

フレッサと付き合ってるの？

ただの元同僚で、多少気が
合っただけの関係。

おい。俺の酒場の風紀を乱すな

第五章　武闘大会と反省会

水面下で動いていた企画が、ついに公表された。

わざと流した確証のない噂で学院中が浮《うわ》ついているが――ついに動き出した。

『――繰り返します。

二週間後に、学院の小学部・中学部の生徒を対象とした武闘大会を開催します。

受付は本日より一週間を予定し、大会の様子は今皆さんが観ている魔法映像《マジックビジョン》でアルトワール中に放送されます』

学院の校門を背景に、魔晶板《ましょうばん》に映る第三王女ヒルデトーラは、武闘大会が開催されることを学院どころか王国中に公表していた。

「――一応聞いてはいましたが、思い切った発表のやり方ですね」

耳元で囁くリノキスの言葉に、私は「そうね」と答えた。――ちなみに闇闘技場の件は
あれ以来お互い触れていないので、表向きはいつも通りである。

その映像が流れたのは、一階の食堂で、私を含む多くの小学部女子生徒たちが朝食を取

っている時だった。

食べたらすぐに校舎へ向かえるよう準備を済ませた子もいるし、一度部屋に戻る予定の子もいるし、なんならまだ制服を着ていない子もいる。

いつもにぎやかな食事風景だが、今日は違う。

魔法映像《マジックビジョン》に流れる学友の王女が学院内のイベントを告知するという、学院の生徒としては無視できない内容を語ったのである。

いつの間にかしんと静まり返っていた食堂に、ヒルデトーラが繰り返し武闘大会開催の報を告げている。

そう、リノキスの言う通り、私とレリアレッドは事前に「こういう風に開催を公表しますよ」という話は聞いていた。

だが実際に観ると、なんというか、……今まであまりなかったイベント告知だからか、少し違和感《いわかん》があった。

そのイベントが、部外者立入禁止の学院内のことだからなのか……内輪ネタを堂々と公表したかのような、感覚的に映像として流してはいけないのではないか、というズレを感じるというか。上手く言えないが。

しかし、さっきの言葉からして、リノキスも同じような言いようのない違和感を覚えているのかもしれない。

まあ、やってしまったものは仕方ないが。今更撤回《てっかい》はできない。

そもそもの目的は「学院にいる子供の様子を親に観せる」ための、魔法映像《マジックビジョン》普及活動の一つなのである。

観せるターゲット層が絞《しぼ》られている宣伝だからこそ、違和感があるのかもしれない。

普通の番組は、基本的に「観る人を楽しませる」ことが目的だ。

しかしこの告知は、学院や、学院の子供に興味がある人に向けられたものだから。そこに違和感があるのかも……

いや、どうでもいいか。

魔法映像《マジックビジョン》普及活動は今後も続けられる。だから今後もこの手の告知はやるだろう。

視聴者も、従来の魔法映像《マジックビジョン》に慣れている私たちも、いずれ慣れると思う。違和感がどうした。売れてくれないと困るんだ。

「――ニアさんニアさん！　武闘大会って⁉」

おっと。どうやら魔法映像《マジックビジョン》に映るヒルデトーラが、私やレリアレッドも大会の準備に協力する旨を話したようだ。

「これから少しずつ公表されていくから、楽しみに待っていて。一度に全部知ってもきっとつまらないわ」

ヒルデトーラの告知に反応して詰め寄ってくる子たちに、私はそう言ってなだめすかし、食事を続けるのだった。


「ニア！　レリア！」

その日の昼休みから、私たちの仕事が始まった。

放課後は自領の撮影があったりなかったりするので、私たちが動ける時間は早朝と昼休みくらいである。

手を振って「こっちに来い」と合図を出しているヒルデトーラが、上手いことこの隙間《すきま》時間にできる仕事を考えてくれたのだ。

昼休み、小学部の校舎前で待ち合わせをしていたヒルデトーラと合流し……まず気になることがいくつかあった。

「……あの、そちらの撮影班……」

どういうことだ、と驚いている私の横で、同じく驚いているレリアレッドがおずおずと口を開く。

「撮影班は部外者扱いになるのです。なので――」

なので、生徒で構成した撮影班、か。

そうだな。王都放送局の撮影班であっても、学院の関係者ではないから、彼らは敷地内には入れないのか。言ってしまえば一般人だからな。

――どこの領地の撮影班も、大人で構成されていた。

顔がくどいベンデリオは、映像にも出るが、元は撮影班の責任者だ。カメラを回す人も、映りがよくなるようメイクをしてくれる人も、大人だった。

なのに、今ヒルデトーラの周りで機材を持つ連中は、明らかに大人ではない集団だ。しかも学院の制服を着ている。これは完全に生徒だろう。中学部か高学部か、どっちかの。

つまり彼らは、学院内の撮影をするために急遽《きゅうきょ》集められた即席《そくせき》撮影班ということだ。

「これでも本物の撮影班に同行したりして、一通りの技術は学んでいますよ。短い撮影なら大丈夫だと思います。

なお、大会時は王都の撮影班が入る予定です。こちらはすでに許可を取っていますので」

そうか。なら大会の時は安心なのか。

でも、問題は今である。こうして見ると、大人とも子供とも言い難い年齢揃《ぞろ》いの撮影班は、全員ガッチガチに緊張しているように見える。

顔がこわばっていたり、異様に汗を掻いていたり、機材を持つ手や肩が震《ふる》えていたり、「俺はできる俺はできる」と一点を見詰めてブツブツ言っている者もいる。

それを見てレリアレッドも不安そうだし、ヒルデトーラも愛想笑《あいそわら》いが崩《くず》れない。

……いや、いかんいかん。大丈夫か、なんて心配していても始まらない。

聞くまでもないし、確かめるまでもない。

大丈夫じゃないからこうなのだ。

——負けられない死合いほど冷静かつ普段通りであるべきなのだ。そうじゃないと実力も発揮できずに死んでしまう。そんなの無念でしかない。

「ゆるく行きましょう」

と、私はかつて、ベンデリオが撮影の前に必ず言っていた一言を発した。

——ゆるく行こうよ、ゆるくね。

胡散臭《うさんくさ》くもくどい笑顔でリラックスしきっていた彼は、現場の不要な緊張感を払拭し、ガチガチになっている地元の人に向けてこんな感じのことを言ったのだ。

「どうせ編集でどうにかできるんだから、失敗したっていいのよ。むしろ失敗するつもりでやりましょう。それもいい経験になるわ」

…………

少しは緊張がほぐれた、かな？

今はこれでいい。繰り返している内に慣れていくだろうしな。

「じゃあ時間も勿体ないし、行きましょうか。――ヒルデ、まずどこから？」

私たちの仕事は、学院内にある武術や剣術道場を巡《めぐ》り、出場する流派や生徒のインタビューをすることである。

来《きた》る大会へ向けて、皆の期待を煽りに煽ることだ。


不慣れすぎる撮影班という不安もあるが、時間がないのも問題である。

「定型文は憶えていますよね？」

早足で移動しながら、ヒルデトーラが私とレリアレッドに問う。

「質問を四つですからね。さすがに憶えました」

うん、私もだ。

別に奇抜《きばつ》さを演出するわけじゃなし、常識に沿った上での質問ばかりだ。憶えるのは然して難しくない。

これから、道場の師範代や出場者のインタビューをするわけだが、質問することは事前に決まっている。
一、武術の名前と自己紹介を求める。

二、故郷のことを聞く。
三、大会に向けた意気込みを聞く。
四、何か一言。
この四つが台本通りの定型で、これを踏まえて撮影することになる。あとはインタビューする私たちの相槌やアドリブでこなす。

一人に掛ける時間は短い。

できるだけ多くの出場者を撮影し、魔法映像《マジックビジョン》に出てもらうのが目的だからだ。

ちなみに武闘大会は、武器なしと武器ありの部門があり、最後は希望すれば双方《そうほう》の優勝者同士が戦うこともできるとか。

出場者は小学部と中学部の生徒のみで、大会も小学部と中学部で分かれている。

――毎年秋には異種交流会という名の武闘大会をやっているそうで、レリアレッドの姉で準優勝のリリミ・シルヴァーや、私に挑んできた優勝者サノウィル・バドルも、こちらで結果を残している。

恐らく今度の武闘大会は、その異種交流会に向けての予行演習……あるいは実績作りの場になるのだろう。

ここで実績を作り、秋の異種交流会には王都の撮影班を入れて大々的に放送してやろう、と。今回の大会はその目的のための第一歩、足掛《あしが》かりになるのだと思う。

一度やってしまえば、次はやりやすくなる。

成功すれば尚の事。視聴者の支持する声が大きければ大きいほど、実現しやすくなる。

――よほど失敗しない限り。

やっぱり撮影班が心配なんだが……いや、言うまい。

ないものねだりをしても仕方ないし、何より、学院内に撮影班が誕生するのは非常に利点が多い。今後の魔法映像《マジックビジョン》普及活動には、きっと彼らが必要になってくる。

不安とか信用できないとかじゃない。どんな業界も後進を排《はい》すれば衰退《すいたい》しかないのだから、受け入れるしかないだろう。

むしろ私たちで育てなければならないのだ。いっぱしの放送局員に、とまでは言わないにしろ、最低限の撮影ができるくらいには。

……うむ、私もフォローに回るかな。彼らには頑張《がんば》ってもらわねば。

まず私たちが訪れたのは、アルフォン剣術道場である。

学院では最も強い剣術道場と言われていて、毎年異種交流会では優勝争いに食《く》い込《こ》んでくるという。一番門下生が多いので、一番人気の道場と言えるだろう。

武闘大会に関する映像を撮るのであれば、最初に紹介するのはここが相応しいと誰もが思う、らしい。

なんでも過去の英雄《えいゆう》が立ち上げた流派らしいが……詳しくは知らない。どうせ調べたって天破流のような名前負けの流派だろうし。がっかりするだけだ。

昼休みなので、ほとんど門下生はいないが。

「――失礼します。お時間をいただけますか？」

ヒルデトーラが声を掛けると、師範らしき壮年《そうねん》の男と、軽く稽古をしていた胴着の少年が振り返り、こちらへやってきた。

「ようこそ、ヒルデトーラ様。私はこのアルフォン剣術道場の師範を務めておる者です。このような格好であなたの御前《おんまえ》に立つこと、お許しくだされ」

壮年の男は、武人と言うには小柄《こがら》だった。細く小さく、とてもじゃないが強いとは思えないが――しかし強いな。胴着の下にある身体は、鍛え方が尋常ではない。

ふむ。意外と面白い者もいるではないか。

でもまあ、私の相手ではないが。ほどけた靴紐《くつひも》を結びながらでも勝ててしまうだろう。

まあそもそも彼の場合、達人というよりは教えるのが上手いタイプに思えるが。

「……」

その証拠に、師範の後ろに佇《たたず》む少年は、年齢の割にはなかなか強い。先日相対したサノウィルと同じくらいだろうか。まあ私からすればささくれができた指先より気にならない程度の相手だ。

「いえ、こちらこそお忙しい中にお呼び立てして申し訳ありません」

ヒルデトーラが丁寧《ていねい》に挨拶を返す。

インタビューをすることは事前に伝えていたので、この時間に会えるよう約束を取り付けたのだろう。

「ガゼルさんも、来てくださってありがとうございます」

「仕方なく応じた。俺は暇じゃない」

おっと。

師範の後ろにいる少年が、舌打ちまでして王女にかました。いいねいいね。権力に屈《くっ》せぬその心意気、まさに武人。

惜しむらくは、その心意気に腕が追いついていないことだが。

――それとヒルデトーラだ。

真正面から下々の者にかまされたにも拘わらず、一瞬たりとも笑顔が揺れなかった。

正直、見直した。

王女という身でありながら、仕事に徹《てっ》しようとするその姿勢その態度は、まさしく魔法映像《マジックビジョン》業界で生きてきた者だ。

揉めても仕方ないし、トラブルは撮影に障ることをよくわかっている者の姿だ。

――そしてレリアレッド。

私の耳元で「ヒルデ様に向かって……あいつやっちゃえよ」とか囁かないように。私は理由のない拳も嫌いではないが、悪口言われたくらいで武に訴えるほど狭量じゃない。

「ガゼル」

「わかってますよ。……早く用事を済ませてくれ」

師範の窘《たしな》める声に、不承不承という顔で少年ガゼルはインタビューに応じるのだった。

ぎこちない撮影班が撮影の準備を完了《かんりょう》する。

よかった、準備くらいはさすがにできるよな。安心した。

初対面のヒルデトーラと師範、ガゼルのやりとりを、撮影班全員がぼんやり突っ立って見ていた時は驚いたが。私が「機材の準備をして」と言うまで誰一人動かなかったから

……本当に驚いた。

まあ、失敗から学ぶことも多い。

最初からできる者などいないのだ、これから慣れてくれればいい。できるだけフォローもするからな。

「――最初は、かの魔王《まおう》殺しの聖騎士アルフィン・アルフォンが編み出したという、アルフォン剣術道場を紹介します。

今度の大会に出場する、昨年の異種交流会剣術部門で準優勝を果たしたガゼル・ブロックさんです」

インタビューが始まった。

ヒルデトーラが定型通りの質問をして、仏頂面《ぶっちょうづら》のガゼルがそれに答える。

愛想《あいそ》のいいヒルデトーラとは対照的に不機嫌《ふきげん》そうなガゼルだが、その態度は武人らしくて悪くない。不器用な方が「らしい」気はするから。

だが、あまりにもガゼルの言葉が少ないせいで、このままではつまらない。

端的《たんてき》かつ情報量が少なすぎて、インタビューの意味がないというか、見所がない。「こいつを観たい」と思わせる魅力《みりょく》がない。煽りが少ない。

――なんて考える私も、すっかり魔法映像《マジックビジョン》業界に染まってしまったかな。武人には武を求めるもの。言葉なんて求めるものじゃないのに。

私は、隣にいる撮影班の女の子が持っていた小さな黒板を借りる。

これに文字を書き、言葉ではなく文章でヒルデトーラに指示を出すのだ。声で指示を出すと音声が映像に入ってしまうから。

黒板に文字を書いて、ヒルデトーラに向ける。

——ヒルデトーラが私の持つ黒板を見て、顔に出さずに一瞬動揺の沈黙を経て……指示通りの言葉を発した。

「去年の異種交流会では惜しくも準優勝でしたね。今度の大会では、やはり優勝を狙いますか？」

その質問に、終始不機嫌そうだったガゼルの顔が、更に不機嫌そうになった。

「今度こそサノウィル・バドルには負けん。絶対に奴に地面をなめさせてやる」

——いいねその表情。屈辱《くつじょく》に歪《ゆが》み、復讐に燃える者の顔だ。

これで視聴者は、ガゼルとサノウィルを勝手にライバル関係と見なし、二人の対決を期待することだろう。

優等生な返答はつまらない。個人的な因縁とかの方が、観る方は面白いのだ。

………

やっぱり染まってるかな、私も。

くどい顔のベンデリオの教えは、確実に私の中に生きているようだ。

ヒルデトーラが口火を切った出場者インタビューは、出場受付期間である一週間続けられ、撮ったものから順次放送される。

昼休みに撮ったアルフォン剣術道場のガゼルの映像は、その日の夕食時には放送された。

――結果、反響がすごかった。

各寮にある、原理がよくわからない宙に浮いた板に、毎日映し出される「そこにはない」映像と音声。

そしてそこには、同じ学院に通う私やレリアレッド、ヒルデトーラがよく出ている。

出演者が身近にいるので馴染《なじ》みがあるせいか、入学案内でごっちゃごちゃになった映像から始まり、小学部では魔法映像《マジックビジョン》への関心がかなり高い。

貴人の子は元から知っている者も多いが、生徒数は庶民の子の方が多いのだ。主にそっちの層から注目を浴びている。

そのおかげで、武闘大会出場を決める子が続出した。

明らかに冷やかし、クラブ無所属、ただ目立ちたいだけ、武術をかじってさえいない者も、調子に乗って出場を決めるくらいだ。

とにかく魔法映像《マジックビジョン》に映りたい、という主張を持つ子たちである。

——こういうのを見ると、武闘大会以外でも撮影できる学院行事やイベントがありそうな気がする。いずれヒルデトーラに相談してみよう。

まあ先のことはさておき。

早朝と昼休みは私とレリアレッドが学院内を走り回り、点在する各道場を訪ねて回り、出場者インタビューを敢行《かんこう》する。

そして放課後はヒルデトーラが担当する。私たちも自領の撮影がなければ、放課後もインタビューしたいのだが。

手分けして巡ってみると、武術や剣術、槍術《そうじゅつ》といった、戦うための力を学べる道場がかなり多かった。

剣術道場だけで三つもあるし、天破のように無手が主流となる流派も、もう一つあった。

まあ実力は語るまでもないが。ちなみに武器ありすべてが「剣術部門」に出場する。昔は道場と言えば剣術ばかりだったので、その名残《なごり》の名称《めいしょう》らしい。

そんなわけでこの一週間は、非常に慌ただしく過ぎていった。

そして一週間後。

「——反響がすごいの。狙い通り、生徒の親御《おやご》さんから多数問い合わせが来ています」

上機嫌《じょうきげん》なヒルデトーラが言う通り、魔法映像《マジックビジョン》普及企画としては、すでに成功だった。

出場受付が終了《しゅうりょう》すると、インタビュー期間も終了である。

これで私たちの仕事は一旦終わり。

出場者も大会に向けて調整し、追い込みを掛ける者もいるだろう。私たちが邪魔をしては元も子もない。

もう私たちがやるべきことはない。もちろんまだやることがあるというなら、できる限り協力はするが。

でも、ここが区切りだ。

一足早い内輪の打ち上げとして、私とヒルデトーラはレリアレッドの寮部屋に集まった。

ヒルデトーラが王城から持ってきたアップルパイを食べながら、ちょっと優雅《ゆうが》なティータイムを楽しんでいた。

まあ、集まった名目は反省会だが。

「うちの領でも評判がいいみたいです。少し魔晶板も売れたそうです」

シルヴァー領もか。リストン領でも同じ現象が起こっていると手紙で知らされた。

つまりは、こういうことだ。

「子供を利用して魔法映像《マジックビジョン》を勧める策は成った、というわけね」

「えぇ。子が可愛い親ほど、元気な我が子を観るためなら大金だって払《はら》うものですよ」

「――ヒルデ様。言い方」

「――ニア。言い方」

一緒に過ごした時間が積み重なれば、レリアレッドもさすがにヒルデトーラに慣れてきた。段々遠慮がなくなってきた。

労をねぎらうでもないが、インタビュー中にあったことを話し合う。

アクシデントや事故、即席《そくせき》撮影班の成長や失敗など、話題が尽きることはなかった。

基本的に三人とも個別に動き、方々に散って仕事をしていたので、お互いの仕事っぷりを知らないのだ。

魔法映像《マジックビジョン》に流れる分は全部チェックしていると思うが、編集でカットされている部分は本人や現場にいた者しか知らない。

こちらで撮影した映像は、王都の撮影班に渡ることになる。

そして必要な部分を足したり余計な部分を削《けず》ったりして編集し、観やすい映像として流しているのだ。

――要するに、視聴者には観せない舞台裏《ぶたいうら》の話が色々あると。そういうことだ。

雑談のようにしか見えないだろうが、これもまた、次に繋がる本当の意味での反省会だったりする。

この中で魔法映像《マジックビジョン》と関わってきた年月がもっとも長いのはヒルデトーラだが、いかんせん全員年端《としは》も行かぬ子供である。

人生経験が足りないという意味では、あらゆる対応力だって相応に低い。特にアクシデントや事故の対処法などは、なんとか身に付けておきたい。

私も前世ありではあるが肝心の記憶がないので、トラブル対応力は然程《さほど》変わらないし。殴っていいなら話は別だが。

「聞くのはこっちのはずなのに、逆に魔法映像《マジックビジョン》のこととか聞かれまくったわ。自分も出る側にいきたいんだけどどうすればいいか、とか」

レリアレッドは、限られた短いインタビュー時間を、おしゃべりで目立ちたがりの女子生徒によって大きくスケジュールを狂《くる》わされたらしい。

これもまたある種の事故である。

こういうのはだいたい編集でカットされるので、映像だけではわからない。

「それで、レリアはなんと答えたのですか？」

「わからないとしか言いようがありませんでした。で、よくよく考えたら、今のところコネでしか出る人いないんじゃないかと思いまして……」

ああ、なるほど。リストン領もそんな感じかもな。

魔法映像《マジツクビジヨン》業界の歴史はまだまだ浅い。まだ確立していない部分も多いのだろう。

リストン領で番組を持っているベンデリオも、製作会社の人間というコネ起用だし。

私もレリアレッドも、家庭の事業というコネクションで番組に出ている。

ヒルデトーラもそうだろう。

何せ魔法映像《マジツクビジヨン》発祥《はつしよう》は国政だから。彼女の一族《かぞく》から始まっているのだ。

「なるほど……ではいずれ生徒から魔法映像《マジツクビジヨン》に映りたい者を募集《ぼしゆう》するのもありですね」

「賛成よ」

戦うことが得意な者もいれば算術が得意な者もいる。芸術に才能を持つ者もいるはずだ。

今回は武闘大会だが、次は違うイベントで撮影を行う可能性もある。

実績を積み上げていき、学院撮影班が成長していけば、また学院内の撮影の機会を作ることもできるだろう。

「今回の企画、すでに普及活動としての効果が出ているわ。わずかながら魔晶板も売れたようだし、撮影班も経験を積むことで技術もフットワークも軽くなる。

規模の大小はあるとは思うけれど、学院内の撮影はちょくちょくやるべきだと思うわ。

飽きられるまでは子供を利用して普及活動を続ければいいわ」

「――だからニア。言い方なんだって」

「そう、ですね……しかし今回は、イベント事だからという体《てい》で踏み込みましたが、何もない時に撮影をするのは、ちょっと難しいかもしれません。

　わたくしとしても、我が子を想う親の気持ちを最大限利用してやりたいとは思うのですが……でも学院内の情報を漏らすことに反対している者もおりますので」

「――ヒルデ様。本当に言い方に気を付けて」

「とりあえず、武闘大会が終わってからまた話しましょう。今は目の前のことに集中です」

　うむ。了解《りょうかい》した。

「じゃあそろそろ本題に入りましょうか」

　一通りの撮影裏話が終わったところで、レリアレッドがそんなことを言った。

「……？」

　私はよくわからないが……言い出したレリアレッドはともかく、ヒルデトーラも私を見ていた。

　いや、私の後ろに控えているリノキスも、給仕として働くレリアレッドの侍女エスエラも、私を見ていた。何かを期待する目で見ていた。

「……何かしら？」

いよいよ確信に迫《せま》る、みたいな雰囲気で皆が私を見ているが……肝心の私には「本題」の心当たりがないのだが。

何かあっただろうか。彼女らが興味を抱くようなことが。

――ああ、そういえば。

「わかった。兄の話ね？」

兄ニールにインタビューしたのは私である。

なかなかやりづらいものがあったが、一応映像上で兄妹《きょうだい》であることも軽く説明した。

兄はサトミ速剣術なる、速度を重視した剣術道場の門下生だ。道場内では結構強い方に入るそうだ。

私が学院の寮に入る前は、里帰りする度に腕を上げていることは把握していた。

学院に、ちゃんと剣を教えている師がいたわけだ。

現在兄は小学部三年生でありながら、小学部生の中ではトップクラスの腕を誇るとか。

そこそこの中学部生にだって簡単には負けないそうだ。

偶然学院で会った時に「武闘大会、ニアが出ないなら出ようかな」と言っていたので、「私は出ない」と言ったら本当に出場を決めたのである。

正直、冗談だと思っていた。兄は魔法映像《マジックビジョン》に出るのを嫌がるから。

「それもちょっと気になるけど。でもそれじゃないわ」

え？　違うのか？

「あの可愛い男子はなんだ、今すぐ紹介しろ、ってすごく言われたけど。知らない上級生とか中学部生に」

私の周りで起こった急激な変化って、それくらいだと思うのだが。

「ところでヒルデ、学院での兄はどうかしら？　しっかりやっている？」

兄は小学三年生で、ヒルデトーラと同学年である。兄と彼女で親交もあるようだが……

そういえばどれだけ親しいかは聞いてないな。

「ニール君は優等生ですよ。学業も運動もよくできるし、誰にでも分け隔《へだ》てなく優しいですし。非の打ちどころがありません」

なるほど、分け隔てなく誰にでも優しいのか。

「ということは、兄を巡って日常的に女の修羅場《しゅらば》が？」

「そんなわけないでしょ」

「まあ水面下では色々あるみたいですね。この前もニール君を取り合って女の子同士で殴り合いに発展してましたし」

「修羅場あるの⁉　というかそれは水面下じゃない！」

「いえ、本当に水面下なのです。誰の前でやり始めても罵り合いが始まっても、ニール君の前でだけはやりませんから」

「ああ、それなら安心ね」

ほっとした。兄の前で流血沙汰なんて起こされては困る。

彼は私よりよっぽど繊細なのだ、子供心に傷が残るようなものは見せてほしくない。

「いや安心じゃないでしょ⁉」

レリアレッドが騒いでいるが、仕方ないだろう。

兄の美貌なら起こりうる事態だと納得できるし。女を泣かす存在になるのは、一目でわかることだ。なんなら男も泣かすかもしれない。いろんな意味で。

「兄に許嫁《いいなずけ》でもいれば、まだ違うんでしょうけどね。――そうだ、レリアはどう？　うちの兄、貰ってくれない？」

「え⁉　い、いいけど別に⁉」

「ヒルデでもいいけれど。あ、ヒルデに許嫁は？」

「候補はいるようですね。しかし本決定はまだです。魔法映像《マジックビジョン》の普及率によって婚約《こんやく》相手は変わってくると思いますが……」

でもニール君は有望ですし、わたくしに異存はありませんよ」

「いやいやいやいやいや！　ニール様は私が！　姫様はほらっ、他国の王子様的ないい人がすぐ見つかりますって！」

「あらそう？　じゃあレリアが貰えばいいのでは？」

そうか。ヒルデトーラは身を引くのか。

リストン家からすれば、王族と繋がりを持てるのは大きなプラス要素だとは思うのだが。

でも、もう身分を重視する時代ではないのかもしれない。

自由恋愛か。

まあ、好きにやってくれ。

「じゃあ兄に話しておくわね。レリアが結婚《けっこん》したいほど好きだと言っていたと――」

「ややややややめなさい！　そ、そういうのは！　いずれ自分でやるから！」

顔を真っ赤にしたレリアレッドは、激しく首を横に振っている。

ふうん……どうせ言うのであれば、一日でも早い方がいいと思うがね。

なんだかんだと踏ん切りがつかない間に、事態が動くなんて儘あること。様子を見ている間に手遅れになってました、なんて恋愛事にはよくあることなのに。

「そそ、そ、それより！　その話じゃないでしょ！」

あ？　ああ、そういえば兄の話じゃないと言っていたな。

じゃあ、なんだろう。

「ほら！　サトミ速剣術の門下生の優勝候補！　サノウィル・バドル！」

もう埒《らち》が明かないと思ったのか、それとも早々に話題を変えたかったのか。

レリアレッドは、はっきりと問題の人物の名前を出した。出して言い放った。

……サノウィル……

あ、そうか。

「それ、最近まで知らなかったの。私は直接聞かれなかったから」

「え？」

意外だったようだ。

だが当事者には聞きづらい話題もあるじゃないか。今回はそれに該当《がいとう》したのだと思う。

「あのインタビューでしょ？　そして、皆が気にしているのはその後のことでしょ？」

あれに関しては、私はほとんど誰かに質問されることがなかったのだ。

――少しばかり縁があって、私はサノウィル・バドルと立ち会ったことがある。

いくらなんでも子供に拳は振るえないと思い、彼の持つ木刀を破壊するのみに留めた。

そんな出会いを経て、彼にインタビューを行ったのだ。

「――昨年の異種交流会、中学部剣術部門で優勝したサノウィル・バドルさんです」

「――……」

「――あの、私ではなく、カメラの方を見てもらえます？」

「――ん、ああ、うん」

「――では改めて、流派とお名前を教えてください」

「――サトミ速剣術、サノウィル・バドルです。なあ、この前のこと」

「――話は後で。今はインタビュー。いいですね？」

「――……うん」

「――出身はどちらですか？」

「――リストン領から南にある小さな浮島です。君の家の近くだ」

「――あ、そうですか。今度の大会に向けた意気込みはどうでしょう？　また優勝できると思いますか？」

「――優勝なんて……ほかに年下で強い者がいることを知っているのに……」

「――……ええっと……あ、去年の異種交流会の決勝戦で戦ったアルフォン剣術のガゼルさんが、今度こそ負けないと名指しでライバル宣言をしていましたが、それについて一言！」

「――ガゼル？　ガゼルより俺は君が……頼む！　もう一度俺と立ち会ってくれ！」

これはもうダメだな。

あの時心の底から思った言葉だ。

確かこんなやり取りをして、編集ではどうにもならないくらいめちゃくちゃな内容になったのに、結局そのまま放送されてしまったのだ。

個人的には、放送できないと判断してお蔵入《くらい》りかな、と思ったのだが……サノウィルは優勝候補だったから外せなかったのかもしれない。

私としては、放送された映像を観て「ああ、やっぱりめちゃくちゃだな」と思っただけで終わったが――レリアレッドやヒルデトーラ、侍女たちの反応からして、私以外の周囲では何事かあったようだ。

「色々あったらしいよ。無視されたような形になったガゼルが、サノウィルに殴《なぐ》り掛《か》かってあわやケンカになりそうになったとか。

いつもクールで剣術以外興味ないって態度のサノウィルが、明らかにニアを意識していたから怪しいとか。サノウィルとニアができてるんじゃないかって噂が流れたりとか」

へえ。

その手の噂は私のところまでは一つも届かなかったな。やはり色々あったみたいだ。

「――知ってた？」

リノキスに聞くと、彼女は普通に頷いた。なんだよ教えてくれよ。知らなかったのは私だけか。

「なんで教えてくれなかったの？」

「お嬢様とサノウィルとかいう馬の骨がくっつくとイヤだなと思って。決して意識させないよう絶対この口から奴の名を出さない方向で行こうと思っていました」

……あ、そう。

「で、どうなの？　サノウィル、ニア的にはどうなの？　見た目もかっこいいし強いし将来有望じゃない？　実際人気あるみたいよ」

どうと言われてもなぁ。

「もう少し強くなってほしいわね」

できれば私より強くなってほしいと思っているが。

「そういうことじゃなくて色と恋の方ですよ」

あ、そっち？

「かっこいいだけなら兄で見慣れているから、なんとも思わないけど……」

「え、そうなの？　……あ、そういやニアのお父様もかっこいいもんね。私の父親はもうおじいちゃんだしなぁ」

「オルニット・リストン様ですね。直接お目に掛かったことはありませんが、確かに魔法映像《マジックビジョン》で拝見した限りでは美丈夫《びじょうふ》でしたね」

うん。ちなみに母親もかなりの美人で、兄は母親似だ。

「そういえば、ヒルデ様の許嫁候補ってどんな方なんですか？　やはり美形？」

「うーん……年齢的《ねんれいてき》にはおじさまかしら？」

「げっ。典型的な政略結婚ですか……」

「政略結婚しかありませんよ。これでもわたくし王族ですから。こんな時代でも同じです。でもオルニット様のような見目のいい中年もいるし、小さいながらも希望はある！　……と、良いんですけどねえ……」

ヒルデトーラはしみじみ呟くと――バッと自分を激しく抱きしめた。

「ああっ！　身を焦《こ》がすような恋がしたい！　そして素敵《すてき》な殿方《とのがた》がわたくしを遠くへ攫《さら》ってくれればいいのに！」

「このパイおいしいわね」

「うん。少しハチミツ入ってるよね？　おいしいね」

さくさくとパイを口に運ぶ私たちに、自分を抱いたまま固まっているヒルデトーラが、

「……何か言ってくださいよ」

か細い声で抗議《こうぎ》した。

「いえ、見てはいけないものを見てしまったような気がして……」

同感である。

「なんか痛々しいし、下手に触れたら火傷《やけど》しそうで嫌だなって思って」

「ニア！　『痛々しい』と『触れたら火傷する』はダメ！」

じゃあほとんどダメじゃないか。発言全部ダメって言えばいいのに。

「……わたくしに権力があれば、あなたたちも望まぬ結婚の道連れにしてやるのに……」

やめなさい。ヒルデトーラがそれを言うと冗談じゃ済まないから。

――その後、反省会はどこへやら、なんだかんだ恋愛の話で盛り上がった。


大会の準備は着々と進んでいる。

年に一度、秋に行われる異種交流会という名の武闘大会は、高学部の生徒も含め、かつ

一般人の観覧が許可されている。

この日ばかりは我が子の活躍を、また学院内をある程度見物できるとあって、実は王都を挙げての大規模イベントとなるそうだ。

それに対し、やや突発《とっぱつ》感が否めない今回の武闘大会は、魔法映像《マジックビジョン》での公開はあるが一般観覧は許可されていない。

つまり、直接見られるのは生徒のみという小規模のイベントとなる。

そのおかげで――具体的に言うと一般人の出入りがない、規制も誘導もする必要がないとあって、準備自体はかなりスムーズに進んでいるそうだ。

参加者インタビューも最後の駆《か》け込みで応募《おうぼ》してきた子を追加し、更には準備風景も毎日撮影・放送するとあって、準備に参加する生徒も多かった。

要するに、タダで使える人手が多いので捗《はかど》った、というわけだ。

――インタビューの時点で反響が薄ければ、以降は大会まで放送しない。

当初はそう決まっていたらしい。

撮影に使う機材だって、映像や音声を記録する魔石だって、決して安いものではない。

需要《じゅよう》がない撮影はお金と資源の無駄なので、その辺は仕方ない。

利益にならないなら即打ち切り、ということだ。

打ち切りになったら、それまでに撮ったインタビュー映像だけを再放送し続ける、という方針で動いていたのだが。

評判がよかったので、結構早い段階で、追加インタビューと準備風景の放送が決定した。

なので、私とレリアレット、ヒルデトーラの三人も、更にもう一週間ほど撮影に付き合うことになった。

準備風景を紹介したり、出場者の鍛錬風景を撮らせてもらったりすることになっている。

あまり仕事の量は多くないが、大会までは手伝いが続くことになるだろう。

——そんな最中のことだった。

大会まであと数日、というある日。

私は放課後すぐに天破流の道場を訪ねていた。

誰よりも先んじて走ってきたので、まだ誰も来ていない。

これから大会参加者の訓練風景を撮影するのだが、私は撮影班を待たずに、一足先に現場にやってきていた。今日はここで撮影なのだ。

撮影班もすぐにやってくるだろうが——それでも。

どうしても、ほんのわずかでもいいから、単独で動ける自由時間が欲しかったのだ。

「――ニア殿。よくお越しくださいました」

たとえわずかな時間であっても、密かにこの男に会うための時間が必要だった。

天破流師範代代理、岩のような大男ガンドルフ。

道場に一人座して門下生を待っていた彼は、私を見るや駆け寄ってきて、それはそれは頭を低く低く、小さな六歳児である私より低くなるよう低くして挨拶する。いやいや。

「そういうのやめて。お願いだから」

というか、そこまでやられたらバカにされてる気さえするから。そういう過剰《かじょう》なのはいらないから。

「は、いやしかし、武の道に年上も年下もありませんゆえ」

強さこそすべてですから、と。

頭を上げたガンドルフは、それはそれは真摯《しんし》な眼差《まなざ》しで私を見下ろす。体格差がすごい。

「許されるならニア殿を師と呼びたいくらいです」

何を言ってるんだか。……うっ、眩《まぶ》しい。きらきらと淀《よど》みない少年のような目で見るな。

「別に呼んでもいいけど」

「本当ですか⁉　ニア師匠！」

「でもあなた、天破流でしょ。私は違うわよ。そんな私を師と呼んでいいの？　それって天破流を捨てるって意味にならない？」

「………………迷うところです」

いや迷うな。何十年も打ち込んできたものを簡単に捨てちゃダメだろ。

「強い者に従う。教えを請う。古い武侠《ぶきょう》のような理《ことわり》も嫌いではないけれど、今はそんな時代でもないでしょ」

まあ、その古いやり方は、私には向いているかもしれないが。

相手が自分より強いと悟《さと》れば、年下だろうとなんだろうと素直に頭を下げて教えを請う。

その武に対する姿勢は、嫌いじゃないどころか好ましいとは思うが。

でも、今時そんなやり方はないだろう。

「それにあなたは私の父親役なんだから。普通にしゃべってくれればいいから」

「は、……ではそのようにしま、する」

うん、まあ、ゆっくり慣れてくれ。

「――それより例の話、どうなった？」

そう、今話すべきは、例の闇闘技場のイベントのことだ。

この話をするために時間を作ったのだ。

当然、私は全然諦めていない。

リノキスとはあれ以来闇闘技場の話をしていないので、彼女は私がすっかり諦めたものだと思っているに違いない。

しかし残念！　全然諦めていないのである！

それこそ武闘大会という表舞台《おもてぶたい》の裏で、闇闘技場へ行く計画は着々と進んでいるのだ。

「そのことだですが、新たにわかったことがいくつかあるまする」

うん。言葉遣いがあやしいけど、気にせず聞こうか。

このガンドルフに話を持ち掛け、結果が見えている勝負を仕掛け、何のどんでん返しもなく予想通りの勝利を収めて今に至るわけだが。

私に負けて腹を括ったガンドルフは、「闇闘技場のイベントについて調べてみるから時間をくれ」と言い出し、そのままだったのだ。

正直、私は正確な開催日《かいさいび》も知らないので、願ったり叶ったりだった。この協力者は実に有能だ。ありがたい。

そしてこのわずかな自由時間に、その辺の話を聞こうと思ってやってきたのだ。

「ニア殿は、剣鬼という名を聞いたことは？」

けんき？

「ないわ。察するに剣の達人の異名ね？」

「えぇああ、うん、冒険家の一面を持つ剣士《けんし》で、彼の異名というか、通り名だす」

ふうん。いいね！

「大げさな異名を持つ者がいると聞くと、わくわくするわね。どれだけ強いのかしら」

どうせ名前負けしてるんだろうな、とは思っているが。

しかしそれでも、もしかしたら私より強いかもしれないというわずかな望みがあると思うと、どうしても血沸《わ》き肉躍《おど》り心揺さぶられる。わくわくせざるを得ない。

「有名な冒険家でもあるだので、実力者であることは間違いないことですだろう」

お、そうか！　それはますますいいね！

「もうおわかっていると思うですが、闇闘技場に来るだそうですだ」

やはりか！　いいねいいね！

つまり今度の闇闘技場で、その剣鬼とやらがゲストで参戦するというわけだな！

「それと開催日が決定しましたぜ。奇《く》しくもというか、奇遇というか、数日後にやる学院の武闘大会の夜だです」

あ、意外と早いな。

大会の数日後くらいかと勝手に思っていたが、……そういえば、「薄明りの影鼠亭」で話を聞いたのはだいたい二週間前か。だったらこんなものなのかな。

「楽しみね！」

子供しか出ない武闘大会に期待はしていないが、その武闘大会当日の夜に、剣鬼の異名を持つ達人を見に行く。

皆とは違う理由と違う場所ではあるが、私も楽しみになってきた！

「……俺は手放しには喜べないどすけど。やはり子供を連れて行くのは抵抗が……でも約束は約束だので。俺はニア殿を連れて行くです」

うむ！

「期待している。頼むわ、ガンドルフ」

「はっ。……ところで話は変わるですが、時間があるなら稽古をつけていただきたい」

よし、いいだろう。

「私は今非常に機嫌がいい。構えなさい。見てあげるわ」

「――はっ！　ありがとうございます！」

「あと言葉遣いは本当に気を付けて。あなた挙動不《きょどうふ》審《しん》が過ぎるわ」

「――はっ！　気を付けます！」

それからすぐに撮影班がやってきたので、本当にわずかな時間しかガンドルフの修行を見てやることはできなかったが。

しかしそれでも、彼はとても嬉しそうだった。

天破流師範代代理ガンドルフと話をしてからの数日間は、待ち遠しくもあり、またあっと言う間でもあった。

武闘大会が近づくにつれて準備が忙しくなっていき、最終的には撮影どころか普通に雑用をやらされていた。

そんなこんなで忙殺《ぼうさつ》されている間に、武闘大会当日を迎える。

今回は高学部の生徒は参加権がないが、それでも魔法映像《マジックビジョン》効果で参加人数は多かった。

少々タイムスケジュールが心配だったが、なんとか予定通り午前中で予選を終え、午後には本戦を行うことができた。

しかし、本戦は少し時間が押して、結局全ての試合が終わったのは夕方頃《ゆうがたごろ》だった。

学院の即席撮影班と、王都放送局勤めのプロの撮影班が協力して撮った映像は、編集を経て、明日放送される予定だ。

観戦していた生徒たちは、優勝者も死闘の数々も、偶然起こった人間ドラマなども知っているが、魔法映像《マジックビジョン》の前の視聴者がそれらを知るのは明日である。

――将来有望、天賦《てんぷ》の才を感じる、筋がいい、勘がいい、武器が合っていない、鍛え方が足りない、等々。

子供しか出ていない武闘大会だけに、私は親か保護者かという気持ちで見守っていた。

これはこれで楽しかった。

もどかしくもあったが。

サノウィルやガゼルといった中学部の有名所は、確かに腕も良ければ才能もあった。

何より、経験を積むことで得られるかもしれない勝負勘がすでにある、というのが大きい。この辺の感覚的なものは才能に依《よ》る場合も多いから。

立場上、「私が面倒を見る」なんて言えるわけもないが……せめて師が良ければな。そうしたら劇的に成長しそうな気はするのだが。

いや、誤解があるか。

彼らの師は決して悪くない。常人と比べるなら文句なく強い。

そう、決して悪くはないのだ。

だがしかし、強さには段階がある。いくつか存在する「人の身《み》の丈《たけ》を越える壁」を、彼ら自身が最低限も越えられていない。

三つ……いや、一つでも越えていたら、かなり違うと思うのだが……

――などと想いを馳《は》せ、口惜《くちお》しく見ている間に、大会は終わっていた。

結果は、武器ありの部はサノウィルが優勝。

ちなみに兄ニールは六位という結果となり、惜しくも五位入賞は果たせなかった。

まあ体格が違いすぎる中学部生も含めてのこの結果なら、かなり上等だろう。むしろ兄を破った相手の子がめっちゃくちゃに、もう本当にボロクソに女子に文句を言われて涙目《なみだめ》になっていたのがかわいそうなくらいだった。

武器なしの部は、レリアレッドの姉リリミ・シルヴァーが勝ち抜いた。

彼女に関しては、正直侮《あなど》っていた。

見た感じはそんなに強そうではないが、動きの端々《はしばし》に隠しきれない才覚と練熟が見られ、試合時間が経過するにつれてどんどん動きが良くなっていった。

あれは集中力が増していくに比例して、強くなるタイプだ。

平時はそうでもないが、勝負にのめり込んでいくと強くなる。武闘家は誰しもそういう傾向があるが、彼女の伸びは尋常ではなかった。ちょっとそこらにはいない、面白い逸材《いつざい》だと思う。

そんなこんなで、大きな失敗もなく大会は終わり。

——いよいよ闇闘技場へ行く時間が迫ってきていた。

「大会はどうでしたか？」

食堂で夕食を済ませて部屋に戻ると、私が食べている間に風呂に入り修行の汗を流したリノキスが、侍女服ではなく寝間着《ねまき》姿で紅茶の準備をして待っていた。

「無事終わってほっとしてるわ。トラブルもなかったし、これで次の撮影に繋がるはずよ」

今日の武闘大会の評判次第で、今後も学院内の撮影は行われるだろう。

まあ前評判が上々だったので、武闘大会の企画は、やる前から成功したも同然だった。

準備期間ですでに成功していたので、あとは大きなトラブルや失敗だけが怖かった。

そんな状態だったから、とにかく今はほっとしている。

成功するかどうかわからない、だから今は信じて頑張ろう！……なんて考えていた方が心境的には楽だったかもしれないな。まあ終わったことだ。

武闘大会の模様が放送されれば、魔法映像《マジックビジョン》の認知度も、それなりに上がるに違いない。

これからも子を思う親の気持ちを利用して、これ見よがしに広めていけたらいいと思う。

「リノキスも見られればよかったのにね」

「仕方ないですよ。付き添いの侍女は、厳密に分類すると一般人ですから」

今日の武闘大会は一般公開されなかった。

だから侍女も、観戦は許可されなかったのだ。

まあ、リノキスには明日の放送で楽しんでもらえばいいと思う。

「お兄様、がんばったわよ」

「ああ結果は言わないでくださいね。ニール様の健闘《けんとう》ぶりは明日この目で確かめますので」

お、そうか。

「じゃあ食堂に来なくて正解だったわね。そういう話で持ちきりだったから」

誰が勝っただの負けただの。

興奮冷めやらぬ年端も行かない貴人の娘たちが、誰が格好良かったとか可愛かったとかあいつは許さない絶対にとか、そこかしこで顔を合わせては盛り上がっていた。

楽しんでもらえて何よりだ。

私の楽しみはこれからだけどな。


穏やかに。

努めて穏やかに、逸る気持ちなど微塵《みじん》も見せずに。

本当に穏やかにリノキスの相手をし、就寝《しゅうしん》時間となり、私はベッドに潜り込むのだった。

「おやすみなさい、お嬢様」

「おやすみ、リノキス」

明かりを落とした暗い部屋から、リノキスが出ていった。

…………

大人しく、大人しく、ただただ時間が過ぎるのを待つ。

隣室《りんしつ》の使用人部屋にいるリノキスの気配を探《さぐ》り、今か今かと寝入《ねい》るのをひたすら待つ。

――程《ほど》なくリノキスが就寝したのを察知すると、私は静かにベッドを抜け出し、窓から外へ飛び出すのだった。

――私が出ていってすぐ。

「……本当に行った」

寝入ったはずのリノキスが、部屋の様子を見に来たのを知ったのは、すぐあとのことである。

「……はあ……本当に仕方のない人だ」

重苦しく溜息を吐き、この時のために準備をしていたリノキスも、荷物を持って同じように窓から出たのを知るのも、すぐあとのことである。

もちろん、私がガンドルフという協力者を得たのと同じように。

リノキスも、兄ニールの侍女であるリネットや、レリアレッドの侍女エスエラという協力者を得ていたのを知るのもすぐあとのことだし。

そもそも私が学院で授業を受けている間は、私よりよっぽど自由に動ける彼女が動かないわけがないと気付くのも、すぐあとのことだ。

また、私が簡単に諦めるわけがないと知っているのに急に何も言わなくなった辺りから「あ、こいつ誰かに頼んで連れていってもらうつもりだな？」と推測されていたのを知るのもすぐあとのことだし。

そもそも「どこに行くのか」がわかっていれば、ならばなんとでもなると割り切ってリノキスが対策を練っていたことを知るのもすぐあとのこと。

更に言うと、強行かつ強引に止めて、最終的に腕っぷしでの実力勝負になったら絶対に負けることを知っているリノキスが、あえて私を泳がせるようにどっしり構えていたことを知るのもすぐあとのことであり。

そして。

闇闘技場などという怪しげな場所で、いざという時に私を守るためには、どこに立てばいいのか。

最終的にリノキスがどこに立つことを決めたのか。

それを私が知るのも、すぐあとのことである。

ガンドルフ・ローゲン

強くなることを第一に考えて生きてきた武人。ニアと出会うことで、更に想いは強くなる。

Status

年齢

23 歳

肩書・役職

天破流道場アルトワール王国
王都支部師範代代理

好きな戦い方

無手。

天破流とはどんな流派ですか？

武勇国ウーハイトンで生まれた、とても古い武術です。現代では武術面のほか、健康やダイエットに効果的な、適度な運動として世界中で親しまれています。あなたも気軽に道場に通ってみませんか？

格闘家を志した理由は？

昔の自分は、体は大きいけど気が弱かったのです。そんな自分を変えたい一心で入門し、現在に至ります。

許されるならニア殿を
師と呼びたいくらいです

第六章　闇闘技場、潜入

深夜。

寮から抜け出した私は大急ぎで、王都と学院の敷地を分かつ外壁《がいへき》の、とあるポイントへ向かった。

距離だけで言えば、数歩行けば王都だ。学院の敷地を出てしまうことになる。

だが、その数歩は高い壁によって遮《さえぎ》られている。

上部には飾りなのか実用性も考えているのか、槍の先のような尖《とが》ったものが並んで設置されている。一応侵入者《しんにゅうしゃ》防止のためのものでもあるのかな。

学院の子供たちを守るための壁で、また学院の子供たちを外へ出さないための壁でもある。

なので、大人でもそう簡単には越えられない高さがある。

――まあ、私にとっては低い方だが。ないも同然くらいにな。

壁の向こう側の気配を探ると……ああ、ガンドルフはもういるな。結構結構結構。

事前に植え込みの中に隠しておいた荷物袋《ぶくろ》から服を出し、天破流道場で使っている胴着に着替《きが》える。

天破流の試合用の礼装だ。仕立てのいい綺麗な白い服である。

普通の稽古着《けいこぎ》でいいと思ったのだが、一応バランスを考えてのことだ。もちろんガンドルフが用意してくれた。

寝間着のままでは目立つし動きづらいし、万が一返り血などを浴びて汚したらリノキスにバレてしまう。もちろん戦うつもりはないけど。ないけど。でもほら、何が起こるかわからないから。万が一ってあるから。万が一戦うことになるって流れもあるから。武人なんて一歩外に出たらいつ何時《なんどき》だろうと真剣勝負を挑まれることがあるものだから。

荷物袋には、出した胴着の代わりに寝間着を詰めて、再び植え込みの中に隠しておく。

これでよし。今更だが雨が降らなくてよかったな。

それから少し助走を取って、壁を蹴り、そのまま駆け上る。

上部の槍の先も綺麗に避け、ひらりと壁を乗り越えた。

「――ニア殿」

「――急ぎましょう」

壁の向こうで待機していたガンドルフと素早《すばや》く合流し、私たちは言葉少なに夜の王都へと消えるのだった。

「そこの部屋を使え」

アンゼルにドアを開けてもらい、裏口から「薄明りの影鼠亭」に入る。

この辺では私はすっかり有名になっているので、表立ってガンドルフと一緒にいるところを見られない方がいいと判断した。

大切な子供を預かる学院関係者であるガンドルフが、夜中に子供連れでこんな場所に出入りしていることを知られるのはまずいだろう、という配慮《はいりよ》である。

最悪ガンドルフの解雇《かいこ》・天破流破門。もしくは学院の敷地から道場ごと撤去《てっきょ》されかねない。あるいは全てか。投獄《とうごく》もあるかもしれない。

――そんな指摘《してき》をしたら「ニア師匠の弟子になれるなら天破を破門されても……」と寝ぼけたことを言っていた。冗談が通じない堅物《かたぶつ》そうな顔をしているのに、意外と冗談も言えるようだ。冗談じゃない？　いやいや。自分が何年も続けてきた拳をそう簡単には捨てられないだろう。……捨てられないよな？

まあとにかく。

店の入り口にはチンピラがたむろしていることが多いし、店内にもだいたいチンピラがいるので、裏口からの入店である。

裏口から店に入ってすぐの部屋――かすかに酒と煙草《たばこ》の匂いが漂《ただよ》うベッドと私物が少しあるアンゼルの寝室《しんしつ》に通され、そこで準備をする。

「――例のブツを持ってくる。ここは好きに使え」

アンゼルが出ていくと、ガンドルフが自分の上着を掴んで私を見下ろす。

「着替えてもいいですかね？」

「どうぞ」

こんな幼児でも一応女性扱いしてくれたガンドルフは、女性《わたし》の了解を得てから服を脱《ぬ》ぎ、着替え始める。

普段着《ふだんぎ》から、事前に運び込んでいた自分の正装に。

それなりに値が張る一張羅《いっちょうら》の正装らしいが……

「ピチピチね」

「うーん……仕立てた頃より身体が大きくなったようですね。普段正装なんてしませんからね……俺からすれば高かった一張羅なのにな」

ちょっと窮屈《きゅうくつ》そうだが……まあ、あえてサイズの小さい服を着て筋肉自慢をしている可愛らしい無言の自己主張だと思えば、これくらいのピチピチは大丈夫か。

「――待たせた」

「――こんばんはリリー。私がやってあげるね」

アンゼルが、ムチムチの女従業員フレッサと戻ってきた。

「あんたの服ピチピチだな。腕上がるか？」

「うむ……おかしいか？」

「おかしいけどいなくはねぇな。あえて小さい服を着てる奴もいるし、まだ許容範囲だろ」

新人マスターとピチピチがそんな話をして、白髪頭はムチムチに椅子に座らされる。

――ちなみにアンゼルとガンドルフは、私が撮影だなんだで動けない間にガンドルフに使いを頼んだことで知り合った。

実は裏社会では用心棒アンゼルの名は有名で、また武闘家ガンドルフもそれなりに名前が売れているそうで、お互い名前だけは知っているという状態だったらしい。

裏社会の常識で、「ちょっとは名の知れている者」というのは、それだけで自己紹介代わりになる。

なのであの二人は、打ち解けるのも早かったそうだ。

「じゃあ始めるわね」

そして、私の最後の仕上げだ。

フレッサが持っているのは、この日この時のために購入《こうにゅう》した、一時的に髪を染める魔法薬が入った小瓶《こびん》。さっきアンゼルが言っていた「例のブツ」である。

効果はだいたい丸一日だが、解除薬もあるので効果時間が長い分には文句はない。

王族・貴人のお忍《しの》び用にと開発されたもので、そこそこ値が張る。だがまあ仕方ない。私の白髪は非常に目立つので、こんなものでもないとさすがに行けないだろう。――ちなみに情報源と購入代行と支払いは、安い酒場の新人マスターだ。

事前に少し試したので、魔法薬に問題はない。

フレッサが慣れた手つきで、私の頭に薬液を振りかけ、櫛《くし》で梳《す》いて伸ばしていく。

鏡はないが、私を見ているアンゼルとガンドルフの反応で、髪の色が変化していることはわかる。

「――はい、おしまい」

あっという間に作業を終えたフレッサは、ついでとばかりに後頭部で軽く結《ゆ》い上げて髪《かみ》型《がた》も変えた。

色も髪型も違う。これでそう簡単には私だとは気付かないだろう。

馬のシッポのようになっている後ろ髪を掴んで、色を確認するため目の前に持ってくる。

――うむ、よし。ガンドルフと同じ、黒に近い茶色に染まっている。これで親子設定でも通るだろう。

「どう?」

念のために、この姿を見ている三人の大人に聞いてみる。

「——可愛い」

「——白髪って特徴がなくなるとおまえ地味だな」

「——よくお似合いです。師匠」

ああそう。なぜ誰も本題には触れないのか。

一言「別人のようだ」と誰か言えよ。可愛いとか地味とか似合うとか求めてない。

……まあ、特徴がなくなって地味になったらしいので、大丈夫だろう。

目の色を変える魔法薬もあるそうだが、今回そこまでは必要ないだろうと判断した。値が張るそうだし。

「それより、髪染め《ブッ》の料金はさすがに払えよ」

値が張る云々以前に、髪染めもアンゼルに借金して買った。

私のお小遣いはリノキスに管理されているので、用途《ようと》不明な使い方はできないのだ。そもそも私は自分がいくら持っているかも把握していない。

「大人になったら返すわ。闇闘技場に出られる年齢まで育ったらね」

賭け試合さえできれば数秒で稼いでやる。

未開の浮島探索でもいいし、ダンジョンの資源集めでもいい。法的にそれが可能な歳になればいつでも返してやるとも。

「何年後だよ……利息付けるからな」

まあ、たぶん十年前後掛かるだろうが。

「利息を付けてもいいけど、利息より貸し借りの方がいいんじゃない？」

「――よし、金はもういい。だが二つ貸しだからな。借金と利息で二つ。いざって時は俺のために働けよ」

二つ借りか。まあいいだろう。

「それでいいわ。じゃあ行きましょうか」

正装のガンドルフと、天破流の試合用礼装姿の私。

設定上は、武に狂っている親と、親の狂気《きょうき》に振《ふ》り回されている子供、という感じである。

闇闘技場に出入りする者に、まともな輩などそういない。

強いて言えば、全員がそれなりの訳ありである。

たとえ実の親子だろうとそうじゃなかろうと、誰かがしつこく詮索することもないだろう。それが許される場でもないだろうしな。

そのためにガンドルフに正装――「一見貴人に見える格好」をしてもらったのだ。訳あり庶民はあまり近づかなくなるから。

「招待状は持ってる？」

「あります」

アンゼルのコネで用意してもらったものだ。なんだかんだ世話になってしまったな。

「マスク」

「あります。というかもうかぶってます」

ガンドルフは、裏社会にそれなりに名が知れているそうなので、顔を知る者もいるだろう。念のため身分や顔がバレないよう顔全体を覆《おお》うマスクを着けている。

闇闘技場なんて場所に出入りしている貴人には、身元を伏せるためのマスクを着用する者も珍しくないそうなので、これも問題なしだ。

「私の名前は？」

「リリー」

「あなたの名前は？」

「ドルフ」

咄嗟にその名前が出るか、そして呼ばれて反応できるかどうかはわからないが、本名を呼ぶのは避けたい。これも念のためだ。呼ばずに済むかもしれないしな。

最後の点検を済ませ、私は頷く。

これで本当に、闇闘技場へ行く準備はできた。

「あとは口調ね」

「お、おう。これで……いいだか？」

「本当に気を付けてね。父上」

「お、おう、です、だよ」

ガンドルフの口調はかなり怪しいが、まあいいだろう。

中に入ってしまえば、人前でベラベラ話す機会もないだろうから。目的はあくまでも観戦だし、いざとなればどいつもこいつも殴って口を噤ませればいい。

アンゼルに用意してもらった招待状があれば、貴人扱いでチェックもなく入れるはずだ。

入口さえ突破すれば融通《ゆうずう》は利きそうだ。

では。

「行きましょう」

暗がりから歩み出た私たちは、とある貴人が所有する港へと向かうのだった。

目当ての場所は、ひと気のない港の倉庫街にある、倉庫の一つだ。

こちらは貴人用の出入口なので警備が行き届いており、チンピラや無宿者がうろついていることもない。夜ともなれば閑静《かんせい》な場所である。

「失礼。招待状はお持ちですか？　――こちらへ」

静まった倉庫街を歩いていると、気配の薄い男が接触してきた。ガンドルフが出した招待状を確認すると、そのまま先導し始める。

なかなか強そうな男である。警備も兼ねているのだろう。

アンゼルから聞いていた通りの流れなので、これでチェックは済んだはず。このまま闇闘技場まで案内されるだろう。

やはりガンドルフが正装しているのが強いのだろう。こんなにパッツンパッツンの服を着て、怪しいマスクまで装着している上に子連れという、どう見ても真っ当な貴人には見えない大男なのに。

まあ、こんなところに出入りするような貴人にまともな奴などいないか。

実にスムーズに事は進み、私たちは無事、目的の場所に辿り着くことができた。

とある空き倉庫に通され、そこにある地下への階段を下りる。

いくつかの門番の前を通り、ドアを開けられそこを通り、そして——

「……素晴らしい」

思わず声が出てしまった。

ドアを隔《へだ》てた先にあった闘技場が、目の前に飛び込んできた。

どこまでも剥き出しの暴力を感じて、頬《ほお》が緩む。

だだっ広いこの空間に、人の怨念《おんねん》や無念、闘気が染《し》みついている。

それを全身で感じて、懐《なつ》かしいと思ってしまった。

こういう尋常ではない場所には、危険なモノが寄ってくることがあるのだ。生者も死者も。怨念や怨嗟《えんさ》といった負の感情もだ。

今回の剣鬼もここに呼ばれたのかもしれないし、もしかしたら私もそうかもしれない。

なんにせよ、血は見られそうだ。

すり鉢《ばち》状になっている会場は、中央の最深部にある砂を敷《し》き詰《つ》めているだけの戦う場所を臨み、観客は周囲から見下ろす形となっている。

照明は、中央のみ明るく照らされ、客席である周りは暗め。座席の左右に簡単な仕切りがあり個室のような造りになっている。

簡単でも仕切られているなら、無理にガンドルフに父親役をやらせなくてもよさそうだ。

周囲の目はある程度遮られるから。

「――いらっしゃいませ。こちらへどうぞ」

やけに露出度《ろしゆつど》高めな格好の給仕……ああ、確か、バニースーツというのかな？　そういう類の化粧が濃い目《こめ》でムチムチの女が、空いた個室に通してくれた。

すり鉢の中腹辺りで、低い椅子とテーブルがあるだけの個室だ。

身分の高い貴人なら、もっといい席に通されるのかもしれない。まあここでも充分観られるので問題ない。

「ワインでよろしいですか？」

「……」

ガンドルフは無言で頷く。口調が怪しいこともあり、彼には極力しゃべらないように言ってある。

「お嬢様はジュースでよろしいですか？」

お、胴着姿の子供にもきちんと対応してくれるのか。やはり酒は出さないようだが。

「はい」とだけ答えると、バニーはすぐにワインの瓶《びん》とジュースを持ってきて、テーブルに置いて去っていった。忙しそうである。

「出たことある？」

「いいえ。誘われたことはありますが、……俺は路地裏で戦って小銭《こぜに》を稼ぐくらいしかやったことはありません」

なるほど、ストリートファイトか。

「そこらのチンピラなんて相手にならないでしょ？」

「今はそうだと思います。やっていたのは日銭もない若い頃ですから」

ぼそぼそとそんな話をしている間も、続々とやってくる貴人たちが個室を埋《う》めていく。

全員、簡単ながら顔を隠している辺りに、本物の身分ある権力者という雰囲気が漂っている。ピチピチのガンドルフとは大違《おおちが》いだ。服の生地《きじ》も高そうだし。

あと、なんだ。

女連れやら男連れの多いこと多いこと。顔を隠していない連れは、恋人か愛人かってことなのだろう。

世の中には血を見たら興奮する者もいるので、まあ夜の相手を連れているのはわからなくもないが。

しかしまあ、誰もが言うように、子供が来るには早い場所であることは間違いないな。私も認めるところである。私以外の子供など皆無《かいむ》だ。

――だが、ジュースは濃かったが。

貴人も来る場所だけに、アンゼルの店のよりいい果物を仕入れているようだ。

私はチビチビやらせてもらったが、ガンドルフはワインをグラスに注ぐことさえせず、待つことしばし。

その時を迎えた。

「——皆さん、ようこそ！」

どこからともなく響く男の大きな声に、ざわついていた闇闘技場が静まり返った。

「——今宵《こよい》も血が飛び肉が裂《さ》け命が散る、激闘《げきとう》の時間がやってきました！　どうぞごゆるりとお楽しみください！」

わぁぁぁぁっと歓声《かんせい》が上がったのは、すり鉢の下の方にある庶民向けの客席である。上の貴人席は落ち着いているが、下の盛り上がりはなかなかのものだ。

「——では早速始めましょう！　まずはこいつら！」

すり鉢の一番下にある向かい合った鉄格子《てつごうし》が二つとも上がり、闇の中から男たちが現れる。

「——今夜も奴の拳は赤く染まる！　赤い拳《レッドフィスト》ドライジャン！」

腕を上げたのは、明らかに上半身を中心に鍛えているのであろう、やや全体のバランスが悪い上半身裸の男。上だけ大きい、という感じだ。

自慢であろう巨大《きょだい》な筋肉にタトゥーだらけで、いかにもチンピラ上がりという感じだ。

筋肉は連動する。上半身を支えるのは下半身だ。できることなら全身を鍛えた方が逆に力の伝わり方はいいはずなんだがな。少なくとも戦う分には。

「――神速の蹴りは誰にも見切れない！　アドラ襲脚《しゅうきゃく》の申し子ウービイ！」

対する細身の男は、自分の手のひらに拳を打ち付けて頭を下げる。

こちらも上半身裸だが、鍛えて鍛えて余計な肉を削《そ》ぎ落とした細身を維持している。神速の蹴りと言ったか？　だがあの体格なら、得意技《とくい》は蹴りだけではないだろう。

ふむ……なるほどね。あの二人がこれからやり合うわけか。

「――賭け札はいかがですか？」

「――……いてっ」

やってきたバニーが「賭けはどうするか」と聞きに来た。

ガンドルフは首を横に振り――私は彼の脇腹《わきばら》を殴った。

非難げにこちらを見るガンドルフに、私は囁く。

「――タトゥーに賭けなさい」

私の見立てでは、タトゥーの方が強い。個人的には武闘家の方を応援《おうえん》したいが、力量差を考えると勝ち目は薄いだろう。

「――いえ、賭けは、ちょっと」

「――ここまで来ておいて何を遠慮する必要があるの？　せっかく来たんだから最大限楽しみなさい」

「――えぇ……」

引くな。大の男が子供相手に引くな。……さすがに引くか？　闇闘技場に行きたがっていざ行ったら賭けをしろという六歳児にはさすがに引くか？　それでも引くな。

「――俺、あまり金はないです。もし負けたらしばらく飯はパン一個とかに……」

「――へえ？　それって私の言うことが聞けないって意味？」

「――全財産いきます」

よしよし、いけいいけ。八百長《やおちょう》でもなければ結果はわかっている。必ず勝てるからいけ。

「赤い拳《レッドフィスト》に」

ひそひそやっている間も律儀《りちぎ》に待っていたバニーに、ガンドルフはかなり中身が軽そうな革袋《かわぶくろ》を渡した。

こうして、今夜の闇闘技場が始まった。

最初こそ宿題しながらでも勝てそうな眠《ねむ》たい輩ばかり出てきて退屈《たいくつ》していたが、試合が進むに連れて、気になる選手も出てくるようになった。

結果、私のボルテージだのテンションだのもどんどん上がっていき、ガンドルフの掛《か》け金《きん》もどんどん上がっていくことになる。

「――ニア殿。汗が止まりません」

「――堂々と構えてなさいよ」

死合いが進むごとに、目の前にあるローテーブルには、色とりどりのチップが山積みになっていった。

単純計算で、これで魔晶板《ましょうばん》が二つ三つは買えるかも、というくらいの大金になるらしい。換金《かんきん》したら相当な大金である。

私としては今は金なんていい、繰り広げられる血と肉の祭典とも言うべき死合いの方が楽しいのだが。

しかしガンドルフは、目の前に積まれるチップの方が気になるようだ。

「――しかしこんな大金、俺は見たこともありません……」

賭けは順調である。

今のところすべての死合いに全額投資を続け、すべてに勝利している。まあ私からすれば、結果がわかりやすい組み合わせだったというだけだが。順当としか言いようがない。

「――じゃあもう賭けはいいのね？」

「――はい……これ以上はちょっと、怖いです……」

大きな身体をして気が小さい男である。いや、金銭面で気が小さいのは美徳と言ってい
いのかもしれない。

まあ私としても、特に儲《もう》けようとは思っていない。ただ賭けをするから参加していた、
程度のことである。

なんなら今、現在進行形で迷惑を掛けているガンドルフの小遣いになれば、くらいの軽
い気持ちだった。

当人がもういいと言うなら、無理に続ける理由はない。

「よろしいのですか？　もうじきメインイベントが始まりますが……」

「いい。もう賭けない」

次の賭け札を持ってきたバニーに、ガンドルフはもう賭けはしないことを告げる。

「……？」

そのついでに、私はバニーを手招きした。

そして近くに跪いた彼女の胸の谷間に、これ見よがしに寄せて上げているその峡谷《きょうこく》に、

布地が少ない服からこぼれんばかりの二つの丘《おか》の深い狭間《はざま》に、こぼれんばかりに大量の高額チップをねじ込んでやった。それはもうぐいっと。ぐいいっと。むにゅっと変形するのも構わず無理やりに。

「酒代とジュース代とチップです。気にせず取っておいてください」

「……ど、どうも」

ガンドルフに任せてもケチりそうなので、自分でやった。

さすがに子供からこんなチップの貰い方をしたことはなかったのだろう彼女は、戸惑いながら礼を言い、行ってしまった。

ここまで勝ってしまったら、たとえ貰いが少なくなろうと、賭け元に少しは返すものだ。そうしないと恨《うら》まれるから。それも常連ではなく新顔がやったのであれば尚更《なおさら》だ。

きっと半分くらいは賭け元に取られるが、残りは彼女のチップになるだろう。それでもかなり多そうだが。

もう彼女はこの席には来ないだろう。

客の様子をよく見ているようなので、人払《ひとばら》いを兼ねてチップを渡されたことを察してくれているはずだ。

「せっかくだから、ここからは死合いに集中しましょう」

「はい。ぜひニア殿の見立てと解説を踏まえて観戦したいです」

もう金が増えも減りもしないとあって、ガンドルフの汗も落ち着いたようだ。

それから二戦ほど勝負の行方を見守ったところで、気になる選手が出てきた。

「――あれは……」

ピッタリした短パンとただのシャツという、かなり軽装の女だ。ガンドルフほかここにいる貴人たちのように、顔にマスクを着けている。

一目見てわかった。

あの女、「氣」をまとっている。

ここまでの死合い、そこまでの境界線に到達《とうたつ》している者はいなかった。到達しようとしている者、なら何人かいたが。

彼らのおかげで私も楽しんで見ていられた。

だって、そこまで行けば、ちょっとしたきっかけで「氣」に辿り着くことがあるからだ。

それがこの死合い、この時に起こるかもしれない。そう思うと目が離せなかった。

――まあ、そんな奇跡《きせき》は起こらなかったけど。

しかし、彼女は違う。

明確にもう「到達」している。

全身にみなぎる「氣」は、まだまだ生まれたてのヒヨコ程度のものだが——到達してしまえば育てることは容易である。

彼女はこれからどんどん伸びていくだろう。

しかもあの身体付きはどうだ。

丹精《たんせい》に鍛えている筋肉で構成されたそれは、細身である。さっきのバニーのようにムッチムチの贅肉《ぜいにく》が付いていることもない。

だが、鍛えすぎていないのがポイントなのだ。

そうだ、瞬発《しゅんぱつ》的な筋力は「氣」で充分補える。速度を殺す筋肉は付けるべきではない。

女性なら尚更だ。男と比べるとどうしても体格や筋肉量で劣るシーンが多い。

ならばどうするか？

自分の優位を伸ばすのだ。

真っ向から体格や筋力で勝負する必要はない。

速度を活かし、体格も筋力も意味をなさない一撃《いちげき》必殺を繰《く》り出せばいい。難しく考える必要はない。ただただシンプルにそれだけでいいのだ。

「いいじゃない、彼女」

気に入った。

何から何まで私の理想に近い身体の作り方だ。私もいずれあんな肉体を作り上げたい。

「え？　……あの、ニア殿？」

「対戦相手は誰？　相手もできるのかしら？」

一目見てから目が釘付《くぎづ》けになってしまったが、問題は対戦相手だ。

果たして彼女と張り合える存在なのか……あ、いや。まあそう都合よくはいかないか。

「――次は女同士の対決！　今夜が初出場、謎《なぞ》の女戦士ミス・サーバント！　弱冠《じやつかん》十代にしてこの大舞台《おおぶたい》に立つ実力はいかほどか⁉」

ほう、彼女はミス・サーバントというのか。覚えておこう。

そして相手は……

「――対するは、夜の魔蝶《まちよう》スカーレット！　今日も得意のムチが獲物《えもの》の鮮血《せんけつ》を散らす！」

うん……まあ、こっち覚えなくていいかな。露出度が高いムチムチが鞭を振るうって感じの女性だ。死合いの華としての見栄《みば》えはいいが腕はない。

同じ女性で、女性同士だから対戦相手に選ばれたのか……そこはさすがに可哀そうだな。

ここまで明確な実力差があると同情する。

まったく。組み合わせを考えたのは誰だ。見る目のない。

全体的なレベルがこれくらいなら、ミス・サーバントはメインイベントで使ってもいいくらい強いのに。

「マスクの方が勝つわよ」

「いえニア殿。あの……ニア殿。ニア殿？　それは本気で…………ニア殿？」

なんだうるさいな。何度も名前を呼ぶな。

「何？　もうすぐ始まるわよ。あなたもちゃんと見てなさいよ」

恐らく一撃だ。

ミス・サーバントは、開始直後の一手で勝負を決める。一秒も掛けないだろう。時間を掛けるほどの相手でもないし。

勝負は一瞬。その一瞬を見逃すまいと私は構えているのに、ガンドルフのうるさいこと。

「いえ、なに、というか……」

さすがに腹が立つタイミングで声を掛けてきた大男に非難を込めた視線を向けると、彼はすごく困ったような顔をしていた。

……なんだ？　何その言いづらいことを抱えているような顔。なんか言いづらいことでもあるのか？

「あの、ニア殿。これは俺の勘違いかもしれませんが……」

「何よ。早く言いなさい」

「その、なんと言いますか……」

ここまで言っておいて口ごもるガンドルフに、早くしろ早くしろと急《せ》かしまくると、彼は意を決したように言った。

「あれは、あなたの侍女では？」

…………

「えっ」

なんて言った？

こいつ今なんて言った？

「——試合開始ぃ！　……おおっ⁉　な、何が起こった⁉　ミス・サーバントの拳でスカーレットがぶっ飛んだ……のか⁉」

一瞬で決まった勝負の行方を一切見ること叶わず。

賭《か》け金の行方に阿鼻叫喚《あびきょうかん》の声が上がり、今日一番の大騒ぎとなった。

その大騒ぎの中、私たちのいる個室だけ、動きも声も何もなかった。

——あれは、あなたの侍女では？

心の臓を鷲掴《わしづか》みにされたかのような衝撃の言葉に、私はただただ戸惑い、恐《おそ》れ戦《おのの》いた。

なぜかうまく動いてくれない首をぎりぎりと捻り、眼下の闘技場を見る。

正確には、何をするのか見逃すまいとしていたのにすっかり見逃してしまった勝負の結果を晒す、勝者たる軽装の女を。

…………

リノキスだ。

言われてみれば、どこからどう見ても、あれはリノキスだ。体格も立ち居振る舞いも間違いなくリノキスだ。

盲点《もうてん》だった。

最初から、こんなところにあの侍女がいるわけがないと心底思い込んでいたから、そんなこと疑いもしなかった。

でも、どう見ても、あれはリノキスだ。

そうだ。毎日見ている「氣」の巡り方に、私が指導して作らせた身体じゃないか。そりゃ私の理想に近かろう。私好みの肉体を指示して作らせているのだから。

「な、なぜだ……」

愕然《がくぜん》としている私に、ガンドルフは言うのだった。

「なぜ、っていうか……理由は一つだと思うんですが」

「えっ。その理由って、己より強い奴と戦いたいから？」

「……いえ、きっと、あなたを守るためですよ」

えっ、守らなくていいのに？　私の方が強いのに？

……………

いや、いやいやいや。

そうか。そうだよな。

リノキスの主張は、最初からずっとそうだった。

最初から最後まで、彼女は私の身とリストン家を案じていた。だから闇闘技場には行くなと強固な姿勢で、師の恫喝《どうかつ》にも負けない気持ちで主張していたのだ。

そんなリノキスが、なぜここにいるのか。

答えは決まっているではないか。

――正攻法では私の傍にいられないから、出場者として近くにいることを選んだのだ。

誰かの紹介でもなければ、まともに闇闘技場に潜り込むのは難しい。

私はアンゼルのコネを利用したが、裏社会との繋がりなど持っていないであろうリノキスは、正面から潜り込むことはできなかった。

このままでは私の傍にいられない。

だから出場者として潜り込んで、立場は違えど私の近くにいることを選んだのだ。

私がガンドルフやアンゼルに協力を頼んでいた頃。

きっと彼女は路地裏辺りで適当に暴れて闇闘技場からスカウトを受けたのだろう。実に楽しそうで羨《うらや》まし……いや、これを言ったらさすがに怒られそうだ。

「……参った」

まさかリノキスがここまでするとは思わなかった。

それこそ、彼女が私に「危険な場所には行くな」と言っていたのに。言っていた本人が危険の渦中《かちゅう》に飛び込んでしまった。

私より弱いのに。

本心では私が望む場所に行ってしまった。

なかなか皮肉なものだが――いや、違う。

今回は私が悪い。

どんなに面倒でも、聞き分けのない侍女でも、それでも彼女を説得して来るべきだった。

なんなら実力行使に訴えた方がまだましだった。

弟子の死合い、真剣勝負を見守るのはいい。

これまで見てきた出場者たちからすれば、リノキスが負ける理由はない。

――ただ、危惧《きぐ》する者が一人いる。

今回私が闇闘技場に来ようと決める原因となった、剣鬼の異名を持つ者だ。

メインイベントに出てくると目されている剣鬼。

このままでは、リノキスと剣鬼がぶつかるのではないか。

それは……――うむ、それは普通に羨ましい。


時は少し遡《さかのぼ》る。

ニアとガンドルフが「薄明りの影鼠亭」で変装などの準備をして、闇闘技場へ向かい始めた頃。

すでにリノキスは、闇闘技場の控室《ひかえしつ》に到着していた。

ここに来るに至った流れは、だいたいニアが想像した通りである。路地裏で暴れてスカウトを受けたからだ。

ニアが校舎で勉学に励《はげ》んでいる頃、学院の敷地から出たリノキスは路地裏でチンピラ相手に暴力に励んでいたのだ。

――リノキスは最後まで信じたかった。

あそこまで自分が反対したのだから、ニアは折れて闇闘技場行きを中止するだろう。自分の年齢と立場とを自覚して、分別ある子供として振る舞ってくれるだろう。いくら普段がアレでも、越えてはいけない境界線は守るだろう。せめて越えることに躊躇《ちゅうちょ》はするだろう、と。迷うくらいはしてくれるだろう、と。

しかし蓋《ふた》を開けてみれば、ニアは中止するどころか夜の王都に繰り出してしまった。躊躇なく。迷うこともなく。

その結果、もしもの時のために準備していた諸々《もろもろ》すべてが必要になってしまった。

闇闘技場に出場する権利。

動きやすい軽装に、こんなところで顔を晒すのは嫌なので用意したマスク。

出番がなければよかったのに、念のために用意したこれらを使うことになってしまった。

「——おい新顔。挨拶はどうした」

控室は大部屋で、男女問わず出場者たちが出番を待っている。

皆かなり鍛えているし、路地裏にいるチンピラとは明らかに違う。見た目も強そうで、なにより非常に血気《けっき》盛《さか》んで殺気立っている。

やむを得ず参加することになった新顔のリノキスにも、無遠慮に絡んでくる。大柄な男である。前哨戦《ぜんしょうせん》のつもりなのか、気が昂《たかぶ》っているだけなのか。

どの道、相手にする気はない。

「おい聞こえべぶぅ⁉」

うるさいので平手一発で黙らせてやったが。

バチンとかなり大きな音がして、周囲で様子を見ていた選手たちが驚いていた。

いや、驚いた理由は、リノキスの平手が異様に速かったことに対してだが。

皆それなりに実戦経験を積んでいる。そんな相手を、真正面からまともに殴れるほどの速度を持った一撃。殴られた方でさえ殴られたことに気づくまで、時間が必要なほどの速さだった。

「構うな。失《う》せろ」

なぜだか殴られてちょっと嬉しそうな大男に冷たく言い放ち、リノキスは自覚する。

――あ、私結構イライラしているんだな、と。

ニアに裏切られた。

そんな思いが胸中にあるせいで、己の機嫌が非常に悪いことに、今ようやく気付いたのだった。

「――いるではないか。斬り甲斐《がい》のありそうな奴が」

そんなリノキスを、剣鬼の異名を持つ男が、狂気に満ちた瞳で見ていた。

フレッサ

アンゼルの同業者。
たまたま仕事がない時期だったので、アンゼルに雇われて酒場で働いている。

Status

年齢

20歳

肩書・役職

裏社会のボディガード、暗殺者。

好きな戦い方

暗器。

恋人はいますか？

募集中。

大きいですよね？

見ての通りだけど？

どれくらい？

ナイフと毒瓶が隠せるくらい。
確認してみる？

どうしたの？
駄々こねてるなんて
子供みたいよ？

第七章　剣鬼の魔剣

ミス・サーバントことリノキスが一瞬で勝負を決めて、観客たちは盛り上がっていた。

まあ、賭けに負けたらしい輩の文句の声も大きいが。

…………

リノキスなんだよな。

どう見てもリノキスなんだよな。見間違《みまちが》いとかそういうのであってほしいんだけど、もはや疑うべくもないものなぁ。

――チラッとこっち見たし。今絶対こっち見たし。というか私を見たし。完全にバレてるし。なんてことだ。バレてるじゃないか。

うん……とりあえず、詫《わ》びと言い訳と開き直りと逆ギレ等々の対処は、帰ってから考えるとして、だ。

「――それでは、今夜のメインイベント！　今日はこいつが来てくれた！」

盛り上がりが最高潮に達したと見たのか、リノキスと対戦相手が引っ込んだところで、ついにメインイベント開始が告げられた。

夜も更《ふ》けてきたし、確かにここらでそろそろメインに入るべきだろう。

予想だにしなかったリノキス登場で、嫌な汗を掻いてはいるが——最早ここまで来たら、逆になんの憂《うれ》いもないし遠慮もいらないだろう。

今だけは楽しもう。せっかく無理を押してここまで来たのだ、心行くまで本来の目的を果たそうではないか。

さあ、出すのだ剣鬼を！　強者を見せろ！

「——ダンジョン荒らし、賞金稼ぎ、ゴーレムさえも斬《き》り伏《ふ》せるという大剣豪！　剣鬼の異名を持つ冒険家アスマ・ヒノキ！」

ようやくメインイベント開始と聞いてわくわくしている私の心に、「ダンジョン荒らし」だの「賞金稼ぎ」だの「大剣豪」だのとダメ押しが入り、期待度も今夜最高値に到達した。

大剣豪か。いいね。

弱い武闘家は何人も見てきたが、まだ強い剣士は見ていない。

果たして大げさに剣鬼とまで呼ばれる者の強さは……あ。

——砂を踏みしめて闘技場に現れたのは、ボロの倭装《わそう》をまとった青年だった。

痩《や》せ型《がた》で、上背も高くない。

年齢は二十代半ばから後半くらい。無造作に後ろで結い上げた黒髪《くろかみ》が、この国の者ではないことを証明している。

そして、腰《こし》に一本差している反り返った片刃《かたば》の剣――倭刀。

「あれが剣鬼……想像より若いな」

ガンドルフがそんなことを言うが、触れるべきはそこじゃない。

「私の嫌いなパターンかしら」

あの倭刀、魔剣だ。倭国《わこく》風に言うなら妖刀だろうか。

前世で散々折ってきた類のそれだ。


魔剣。

簡単に言えば、使用者の意志を乗っ取る、魔性の力を持つ剣のことである。

剣の意志とは？

存在意義とは？

その疑問の行きつく先は、命を斬ることである。

剣は己の存在意義を「斬ること」に見出《みいだ》し、それを求める。そのために生まれたのだから当然の帰結だと私は思う。

しかし剣は単体では動けない。それはそのままでは、たとえ魔性の力があろうと、ただの道具でしかない。

だから使用者の意志を乗っ取るのだ。

理性だの道徳心だの、そういう「斬れない理由」を無視するために。

そして私は、人の意志を無視して人を斬る魔剣が嫌いだ。

武をただの暴力や、ただの殺しの技に貶めるようなことが許せるものか。

理性と自制と信念と野望と。

それらが立って、初めて武は武となり得るのだ。ただの暴力とは違うと断じられる根拠《こんきょ》でもある。

それを無視して、ただ人を斬りたい、命を斬りたいという存在を、許す道理はない。

――魔剣は、吸ってきた命の数に比例して、魔性の力を増していく。

最初は、剣による補助で強くなった気になる。

気分が高揚《こうよう》し、どんどん使いたくなってくる。

それが進んでいくと、記憶が飛んだり無意識の内に剣を振るっていたりと、使用者の知らないところで物事が動き出す。

そして最終的には、魔剣に意識を乗っ取られるのだ。

更には、散らした屍《しかばね》や魂《たましい》の質や数によって、剣に明確な自我《じが》さえ生まれる。

このくらいになると、もはや魔剣とは呼べない。

使用者の意識を乗っ取るどころか、自分で自分の肉体を造れるようになるのだ。

自ら魔王を名乗る魔剣もいた気がする。

――この辺まで育つと、戦っていて楽しいのだ。

心身ともに一瞬たりとも油断できない攻防《こうぼう》を、昼夜問わず延々続けることができる。あれは人相手ではなかなかできることではない。あの頃の私は、寝食《しんしょく》を忘れて延々遊び続けたっけ。そして最終的にはへし折ってやったっけ。あっけなく。

たぶん。

はっきり思い出せないけど。たぶんそんなこともしたんじゃないかと思う。

でも、なんだか懐かしいな。

前世ではたくさんへし折ってきたはずだけど、この時代にも魔剣があるんだな。

勘違いしてはいけない。

意志を乗っ取る魔剣は嫌いだが、魔剣を使う達人は嫌いではないのだ。

魔性の力を持っていようと、剣は剣、刀は刀である。

使用者が使用者の意志で振るっているのであれば、それを咎《とが》める理由はない。それは立派な武でしかないから。

魔剣に限って造りも良く、名工が魂や念を込めて打ったものであることも多い。魔剣と名剣は本当に紙一重なのだ。良い剣ならば使いたい、という気持ちはよくわかる。

だが、そうじゃないなら。

私の嫌いなパターンなら。

もしそうなら、へし折りに行こうかな。放置していたら無差別に人を襲《おそ》いかねないから。


「――剣鬼アスマ、六人抜き！　怒涛《どとう》の六人抜き！」

アンゼルの前情報通り、剣鬼の勝ち抜き戦が行われ……早くも六人が散ってしまった。

剣を持った者、槍を持った者、メイスを持った者等々。

剣鬼が倭刀を使うだけに、素手の選手は出てきていない。それでも問題なく剣鬼は普通に圧勝していく。

腕はなかなかいい。

魔剣の補助があるような気がするが、使用者自身もそれなりに使えるようだ。

だからこそ、ちょっと判別が難しい。

魔剣に乗っ取られているのか？

それとも使用者の意志で戦っているのか？

どっちにしろ、実力が中途半端《ちゅうとはんぱ》なんだよな……私から言わせれば、強くもなければ弱くもないって感じだし。あんなの頭の上に紅茶を入れたカップを乗せたままでも勝てるし。

それに加え、剣鬼は対戦相手を斬ってはいるが、命までは奪っていない。武器を持てない程度、立てない程度に手足の肉を浅く斬っているくらいである。実に良心的だ。

明らかに理性ある戦い方だ。そこがまた判断に苦しむところである。

――というか、対戦相手が弱すぎる。

もう少し実力が拮抗してくれないと、剣鬼の方も実力を発揮できないだろう。

だが、とにかく血は流れているし、剣鬼というゲストの強さも証明されてはいるので、闘技場は盛り上がっている。

……出たい。

どれほどの腕なのか、魔剣の様子を探りつつこの手で追い込んでみたい。

「――静粛《せいしゅく》に！　静粛に！」

激しく闘争心がくすぐられている最中《さなか》、斬られて立てなくなった対戦相手が係の者に連れて行かれるのを横目に。

注目の剣鬼が大声を上げた。

何度目かの声に、ようやく闘技場が静まった。

ここまで危なげない常勝っぷりを見せてくれたゲストが、果たして何を言うのか。

静まり返り、会場中から期待の込もった視線が剣鬼に集まる。

そして、彼は宣言した。

「――我はミス・サーバントとの戦いを望む！」

なんだと。

今夜初めて闘技場に立った、無名ながら一瞬で勝負を決してみせたミス・サーバントことリノキス。

あいつ、リノキスを対戦相手に指名するというのか。

彼女の名を挙げた時、観客の反応は真っ二つだった。

この闇闘技場のチャンピオンやベテラン勢と戦ってほしいと願う、どちらかと言えば地元を応援しているタイプの客と。

次の賭けのためミス・サーバントの実力を知りたいと思う、根っからのギャンブル勢と。

まあ例外もいるだろうが、だいたいこの二つで歓声とどよめきがせめぎ合った、と思う。

「ニア殿の侍女、大丈夫ですか？」

「わからないわ」

リノキスの実力は知っているが、剣鬼の実力がわからない。

ここまでの六試合なんて、前座にさえなっていなかったから。

今のリノキスなら勝てそうな気もするが――不安要素は大きいな。

「まあでも、リノキスが出るかどうかって話でしょ」

そう言った矢先だった。

「――ご指名を受けたミス・サーバント、入場！」

あ、出るんだ。

……いいなぁ、ご指名。私もご指名されたいものだ。

軽装にしてマスクを着けたミス・サーバントが、再び闘技場に立った。

ここから見るに、剣鬼と何事か話しているようだ。会話の内容はさすがに聞こえない。

「――では、試合……」

開始の合図目前に、リノキスと剣鬼は構えた。

「――開始！」

ヒュン
開始の声に紛《まぎ》れて、空を斬る剣閃が静かに鳴った。

それと同時に、リノキスの右腕《みぎうで》が、鮮血をまき散らして宙を舞っていた。

リノキスの右腕が宙を舞った。

誰もがすべてを忘れたかのように、唖然とそれを見ていた。

ほんの数秒、空白のような時間が過ぎ――雷雨《らいう》のような声が闇闘技場を埋め尽くした。

歓声。

悲鳴。

怒号《どごう》。

息を呑む声にならない声に、更なる狂気を望む声。

いろんな感情が入り交じった声が、隙間もないほどに地下闘技場を埋め尽くした。

「ニア殿！　今のは、今のは……！」

ガンドルフが震《ふる》え上がっている。

どうやら彼も、しっかり見たようだ。でも大声で名前を呼ぶな。……この声の中なら誰にも聞こえないか。

「うむ。天晴《あっぱれ》だったな」

と、私は目の前のローテーブルにあるワインの瓶を掴み、立ち上がった。

——まったく。

まだまだ半人前の武人のくせに、魅《み》せてくれるではないか。

だからこそ、行かねばな。


「……ぬ？」

悪くはない。

だが、やはりまだまだだな。

歓声の鳴り止《や》まぬ中——私は闘技場に降り立っていた。

周囲は、興奮が過ぎて混乱にまで至っているので、私のような子供が勝負の場に降りたことに気付かない者も多い。

もちろん、剣鬼はすぐに気づき、私を見る。

「童《わらべ》……？　なぜ童がここにいる」

うむ。

「質問には答えるから、その前に剣を納めなさい。もう決着は着いたでしょう？」

腕を斬り飛ばされたリノキスは痛みの余り両膝《りょうひざ》をつき、左手で右肩《みぎかた》辺りを押さえている。

そしてその彼女の傍《かたわ》らで、剣鬼は倭刀を振り上げていた。

まるで介錯《かいしゃく》でもするかのように。

——というか、私が止めなければそうするつもりだったのだろう。

「ここは闇闘技場。殺しも容認《ようにん》されている。やめる理由はない」

「でしょうね。でもそこを曲げてほしいの」

今の一戦は尋常なる勝負だった。

ただ純粋に、リノキスが剣鬼に負けた。それだけの話だ。

それに関して文句はない。むしろ賞賛したいほどである。実に見事な一戦だったと思う。

あの一瞬。

仕掛けたのはリノキスからだった。

開始の合図と同時に、リノキスが鋭く踏み込み、胴一閃《いっせん》の右突きを放った。

毎日修行する中で彼女の成長を見てきた。その私さえ唸《うな》らせるほどの踏み込みだった。

あれに反応できる者などそういないだろう。

だが、剣鬼は反応してみせたのだ。倭刀の腹で拳を受け、撫でるようにいなし、カウンターでリノキスの腕に刃《やいば》を立てた。

そして、腕が飛ばされた。

半人前同士の勝負にしては、高次元の内容だった。

武のことはわからない、速すぎて見えなかった者もたくさんいただろう。

が――滅多に見られない高次元の攻防があったことは、肌《はだ》で感じたのだと思う。

だから客が沸いたのだ。

よくはわからないが、単純に腕が斬り飛ばされる以上にすごいことが起こったのだ、と。

ガンドルフも、己がまだ到達していない武の境地を見て、震えていた。あれは武者震《むしゃぶる》いの類だろう。血が騒ぐせいで武闘家の肉と骨が歓喜《かんき》していたのだ。

まさに武人同士の勝負だった。

メインイベントと呼ぶに相応しい一戦だったと思う。

だからこそ、だ。

「彼女はまだ弱いのよ。これからもっと強くなる。だから、今死ぬのはもったいない」

「……」

「あなたもね。――というか、あなたの場合は強くなるために殺す気だったのかしら？

魔剣の意志？　それともあなたの意志？」

さすがに今のは聞き流せない言葉だったのだろう。

剣鬼は刀の先を私に向けた。

「なぜ魔剣のことを知っている？」

「なぜかしらね？」

標的が移ったことで、ようやく私はリノキスに歩み寄ることができた。下手に近づいたらリノキスの首を刎《は》ねそうだったので、意識をこちらに向けさせることを優先した。

——もちろん、私に構わず斬ろうとしたら、容赦なく殴り飛ばしていたけど。

跪いたまま動かないリノキスの左肩《ひだりかた》に手を置き、囁く。

「——斬られた右腕に『内氣』を集中しなさい。出血が止まるし、痛みも和《やわ》らぐから」

「——」

ダメか。痛みを堪《こら》えるのに必死で、聞こえていないようだ。

「どれ」

私はリノキスの身体に「氣」を流し、彼女の乱れに乱れた「氣」を誘導し、右腕に向けさせる。

びしゃびしゃと止めどなく零《こぼ》れていた血が、ゆっくりと減っていく。

「……お、じょう、さま……？」

ようやっと他所《よそ》事に気を配れる余裕ができたようだ。出血量は多いが、意識があるなら大丈夫か。

というか、大丈夫じゃないと困る。

「このまま集中しなさい」

――これでリノキスの方はいいだろう。切り口も綺麗だし、早めに処置すれば腕もくっつくはずだ。

さてと。

リノキスの治療《ちりょう》もあるし、さっさと済ませてしまうか。


すっかり標的が私に切り替わっている剣鬼に向き直る。

「これは褒美よ。素晴らしい死合いを見せてくれたこととと、ミス・サーバントを見逃してくれたことに対する、私からのささやかなご褒美」

私は持ってきたワインの瓶を逆さまにし、中身を地面にぶちまける。

「高みを見せてあげるわ。武人にはそれが何よりの報酬でしょ？」

「……その瓶でか？」

「あ、これ？」

全部こぼして空になったビンを、それっぽく構えてみる。

「あなた有名人なのよね？　かわいそうじゃない」

子供が出てきたことも、その子供が言っていることも、そして今の発言も。きっとどれもが不可解なのだろう。

剣鬼は眉を寄せることで、言葉の意味どころか状況も理解できてないことを表している。

だが、そんなのは重要ではないだろう。

重要なのは、ここに武人が二人いて、片方は半人前程度で、もう片方は圧倒的に強いこと。それだけだ。

「――素手の子供に負けるのと、武器を持った子供に負けるのでは、周囲に与える印象が全然違うじゃない」

やや錯乱《さくらん》しているかのように騒いでいる観客が多数いる、この場で。

これから、剣鬼の異名を持つほど有名なこの冒険家に、恥を搔かせてしまうわけだ。

やっぱり素手よりは、武器を持った子供に負けました、の方がまだ救いがあるだろう。

「……フッ。まるでもう勝ったかのような言葉だな」

と、剣鬼は笑いながら構えた。――うむ、いいな。目は全然笑ってないし、殺気も剥き出しだ。

「只《ただ》の童ではないことはわかっている。その腕、確かめてやる」

そう。それはよかった。

子供相手だからと、手と気を抜くような輩なら興醒《きょうざ》めだ。がっかりしていたところだ。

「あ、最後に聞いておくけど、その刀は誰が打ったの？」

「刀？　……九道佐々之助《くどうささのすけ》だ」

お、佐々之助か！　懐かしい名だ！

「ならそれ、前期作でしょ？　美しいし品があるわよね。佐々之助の中期から後期は、込められた殺意が強すぎて下品だものね。物としては後期の方が上等らしいけど」

これで確信が持てた。

生涯《しょうがい》人を殺すための刀を追求し続けた病《や》み刀匠《とうしょう》・九道佐々之助の前期作なら、人の意識を乗っ取る魔剣ではない。

まだ佐々之助が、人を斬るための刀を打っていた若造の頃のものだから。

中期から後期の、人を殺すための刀とは、込められた情と念が段違《だんち》がいである。

――よし、ならば折るのは勘弁してやろう。

「じゃあやりましょうか」

リノキスの手当てもしないといけないので、さっさと終わらせてやろう。

開始の合図はいらない。

未だ騒ぎが止まぬ中、剣鬼と私が構えている。

あとは、相手のタイミングだけ。

油断なく見合う中――一瞬剣鬼の姿がブレた。

「ぬっ⁉」

いい突きだ。

寸分違わず喉を狙ってきた、殺す気に溢れた初手。悪くない。

だがその切っ先は、私の首のすぐ横を突き抜けた。

私は一歩も動かなかった。

ほんの少し手を動かし、瓶で受け、刃を逸らした。それだけで回避した。

剣鬼は一瞬驚いた顔を見せた。

驚いてくれて何よりだ。元は刃を素手で受ける技だが、私くらいになると物を使ってもできるのだ。まあ相手が強くなると難しいがな。私はやはり素手がいい。

「エイ！」

しかし、硬直《こうちょく》はなかった。

剣鬼は驚きながらも、二の太刀《たち》、三の太刀を振るう。

私を殺すつもりで。

実にいい殺気だ。こいつも師が良ければもっと強いのだろうな。

――さて。

「もういいかしら？」

ほんの数秒で、五十回も刀を振った剣鬼。

それでもその場から一歩も動かず捌《さば》き続けた私。しかも瓶には傷一つ付いていない。

彼我《ひが》の実力差は明確だ。

「き、貴様はいったい……!?」

さすがに彼は動揺していた。

きっと、もう出せる全てを出し尽くしたのだろう。

ならば終わってもよさそうだな。

剣鬼を倒《たお》した。

シンプルに瓶でぶん殴って昏倒《こんとう》させた。

そして今度は水を打ったかのように、闘技場がしーんと静まり返る、と。

リノキスと剣鬼の死合いより、もっとずっと高度なことをしたのに。

あ、だからか。だからみんな引いてるのか。私に。

強すぎるゆえの弊害《へいがい》か……やれやれ。

「――急げ！」

お、荒事が日常茶飯事《にちじょうさはんじ》の場所だけに、さすがに救護班の対応が早いな。

私が剣鬼を倒してすぐ、救護班が闘技場に入ってきた。リノキスの回収に来たのだ。

彼らは私と剣鬼の死合いは見ていなかったようで、私を無視して怪我人《けがにん》をタンカに乗せ、連れて行ってしまった。あ、ついでに剣鬼も連れて行くのか。よろしく。

まあ、いくら殺しが認められている場でも、率先して人死にを出したいわけではないということだろう。

私も斬られたリノキスの右腕を回収して後を追い、しーんとしている闘技場を後にした。

――背後で、ようやく怒号のような声が聞こえたが。

振り返るに足るようなものではない。


大部屋の控室を駆け抜け、リノキスは医務室に運ばれる。

消毒薬と血がないまぜになった匂いに気が昂る。

「――止血と鎮静剤《ちんせいざい》！　傷口の洗浄《せんじょう》急いで！」

女医……女の闇医者が、助手らしき女二人に指示を出しながら処置に入る。

医者としての腕はわからないが、私にも手伝えることがあるかもしれないので、見守ることにしよう。

あ、そうだ。

「これ、くっつくかしら？」

「は？　なんでここに子供が腕ぇ⁉」

助手の一人が私の声に振り向き、持っていたものにわかりやすくぎょっとした。まあ、驚きはするだろう。私だって子供が人の腕を持っている姿をいきなり見たら驚くと思う。そこそこの怪談《かいだん》じゃないか。

「斬られてそんなに時間は経ってないし、たぶん大丈夫だと思うけど」

私の「氣」を使って、止血と活性で鮮度《せんど》を保っている状態だ。ちょっと断面に砂が付いているが、これくらいなら洗えばいいだろう。

「もしかして塞《ふさ》ぐつもりだった？」

気が付けば、テキパキと指示を出して処置をしていた女医が、冷徹《れいてつ》な目で私を見ていた。

それに呼応するように、やたら慌ただしかった助手二人も、ピタリと止まって私と女医に注目する。

そして、女医は静かに言った。

「君も手伝ってくれる？」

「ええ。できることがあるなら」

「――その腕に伝わっている『力』を貸して」

……ふうん。強そうには見えないが。

「わかるの？」

「いいえ。ただ、今その腕が普通の状態じゃないことはわかるわ。縛《しば》ってもいないのに血が止まっているし、状態もよさそうだから。

そういうの、前に見たことがあるの。たぶんそれと同じ理屈でしょ」

その「前に見たことがある」というのがわからないので、私からはなんとも言えないが。

しかし、見抜《みぬ》いた部分は当たっている。腕はわからないが経験だけは豊富そうだ。

「ちなみにお金は持ってる？」

「お金？」

「薬品による治療は格安だけど、これは魔法治療でしか治らない――」

「やってちょうだい」

私は即答《そくとう》した。そんな愚問は聞きたくない。今治療しないと元に戻せない。

「いくら掛かっても構わないわ」

いざという時に、弟子の世話をするのは師の役目だ。

今回は、私の我儘《わがまま》のせいでリノキスが闇闘技場に出てしまいこうなったが、私のせいじゃなくても答えは変わらない。

今は金を惜しむ時ではない。

「そう。わかった」

鎮静剤を投与《とうよ》されたリノキスはすぐに意識を失い、その間に治療は進められた。

「――『重回復《ヒール》』」

傷口を洗い、魔法がよく浸透するという薬を付け、女医は治癒《ちゆ》魔法を唱える。白く淡《あわ》い光が、横たわるリノキスの右腕の傷口を覆っていく。

「――」

それに重ねて、私は「外氣」を這《は》わせてリノキスの「氣」を操り、自然治癒力を無理やり高めてやる。

理屈としては、かつてこの身体の病を治したのとだいたい同じだ。

人には元々、治癒力や浄化力《じょうかりょく》というものが備わっている。「氣」でそれを高めるのだ。

リノキス自身がもっともっと「氣」に精通していれば、斬られた腕を宙で掴んでその場でくっつけるくらいのことはできたと思う。私は前世で何度かそういうことをした、……気がする。

「あ」

女医が声を漏らした。

「……もう治ったわね」

お、くっついたか。

「さすがに合わせ技だと早いわね」

魔法と「氣」か。

異なる力だと認識しているが、こういうやり方もあるんだな。

「……合わせ技、というか……」

なんだ。まじまじ見るな。

「――はあ……まあいいわ。ここで誰かの詮索なんて許されないものね」

重い溜息を吐くと、女医は見守っていた助手に「後片付けを」と言い、離れたデスクの椅子に座った。

「お金の話をしましょう。ここで信じられるものはお金だけだわ」

「ええ、そうね――ん？」

ふと何か聞こえた気がして振り返る、と同時に、熊のような大男がバーンとドアを開け放って入ってきた。

「――だから俺の娘だと言っているだろう！」

あ、ガンドルフ。

係員や黒服など五、六人にしがみつかれるも、彼はその制止を無視してやってきた。

……そうだった。ガンドルフを置いてきたことを忘れていたな。

「はあ……怪我人が寝てるんだから静かにしなさい。でももう治療は終わってるから、その人は置いて行っていいわよ」

女医は再び溜息を吐くと、係員や黒服にガンドルフを置いて出て行くよう言うのだった。

「――いえいえ、大丈夫です。元から受け取るつもりもなかったので」

改めてリノキスの治療代《ちりょうだい》のことを聞くと、ガンドルフに「あの金を使ってくれ」と耳打ちされた。

なんでも提示された額は、恐らくガンドルフが賭けで勝った金で払えるとのこと。

あのテーブルに山積みになっていたチップである。

「――俺にはあんな大金、絶対持て余します。いい使い方も思いつかないですし」

裏社会の人間との金の貸し借りは面倒臭いので、とりあえず今は借りておくことにした。

またなんか儲け話でもあれば、ガンドルフを噛《か》ませてやろう。

「あら。結構吹《ふ》っ掛《か》けたつもりなのに、払えちゃうの？」

ここぞ結論を話すと、女医はそう言いながら助手にチップ回収を頼む。

チップを席に置いたまま駆《か》けてきたガンドルフの代わりに、助手はチップを現金に換える仕事までやるようだ。忙しそうだな、ここの助手。

そして意外そうに、でも楽しそうに笑いながら、女医は請求書《せいきゅうしょ》にペンを走らせる。

「もしかしてぼったくったの？」

「そうでもあるし、そうじゃないとも言えるわね。誰であっても元からぼったくり料金で設定されているのよ。足元を見まくってね。――だって闇闘技場の医務室だもの」

ああ、そうか。そういうところも闇仕様なわけだ。

たとえ出場者でも、取れるところからは容赦なく金を搾《しぼ》り取っていくと。こんな場所に公平も適正価格もないよな。

「――先生。お金の回収できました」

「わかったわ」

待つことしばし、助手が戻ってきた。

「ちょっとだけ余りましたので」

「お、おう」

払ってもほんの少し、それこそ小遣い程度は残ったようだ。

「ではこちらにサインを。偽名《ぎめい》でね。貴人だったら本名でもいいんだけど」

女医には、ガンドルフが貴人ではないことがバレていた。恐らく私たちが親子じゃないこともバレているだろう。

「これでおしまいね。彼女を連れて帰っていいわよ」

だが、明らかに訳ありであっても、詮索はしない。

ここは闇闘技場の医務室だからな。

こうして、闇闘技場のイベントは終わりを迎えるのだった。

長居は無用とばかりに、私とガンドルフはさっさと表に出てきた。

まだ寝ているリノキスは、ガンドルフに背負わせている。私が背負ってもよかったが、やってくれるというので任せた。……まあ大男の横にいる幼女が大人の女を担《かつ》ぐとなると、傍目《はため》にはおかしな感じもするだろうしな。

「師匠、さっきの一戦すごかったです！」

目立たないよう暗い路地裏を選んで、足早に移動する。

その最中、ガンドルフは興奮冷めやらぬ様子だ。

「面白かった？」

私と剣鬼の戦い、楽しんでもらえたようだ。

「ええとても！　俺だったら五十回は斬られてましたよ！」

「一振りくらい避《よ》けなさいよ」

五十回って、あいつが振った回数そのままじゃないか。

いや、まあ、確かに今のガンドルフの速度では避けるのは難しいかな。むしろその自覚があり、かつ何回振ったかちゃんと見えていたことを評価するべきか。

「ちなみにですけど、やはり瓶がなくても問題なくさばけました……？」

「あたりまえでしょう。むしろ邪魔だったわ」

「ですよね！」

「あなたが一番欲しがっている言葉を言ってあげる——素手こそ最強よ」

「ですよねっ！」

お互い素手で練磨《れんま》してきた武人だ。そこにこだわる気持ちは同じである。

と——

「……あ、やはり来たわね」

「はい？」

私が足を止めると、ガンドルフも立ち止まった。

「闇闘技場からの追手」

あれだけのことを――死合いの邪魔をしたのだ。そう簡単に見逃してくれるとは思っていなかった。裏社会では何より面子《メンツ》が大事だからな。

「どういうつもりで追ってきたかはわからないけど、まあスカウトでしょうね」

いくつかの気配がどんどん近づいてくる。

この速度からして、向こうも多少は戦える者たちだ。時折立ち止まるところからして、捜索《そうさく》しながら追ってきている、という感じか。

「ガンドルフ、先に酒場に戻ってて」

「え？　師匠は？」

「追手の相手をしてから行くわ。このまま連れていくとアンゼルに迷惑を掛けるから」

「じゃあ俺も――」

「あなたにはリノキスを任せたいの。お願い」

ガンドルフの心配はしていないが、今意識のないリノキスは危険だ。追手の人数からして、人質《ひとじち》に取られる可能性がある。

そうなれば――追手どもをちょっと強めに殴らなければいけなくなる。

生半可な覚悟で裏の住人に手を出すと、後々面倒臭い。手を出すなら徹底的《てっていてき》にやるつもりでなければならない。

だが、今はそのつもりはない。

なんだかんだで今夜は楽しませてもらったしな。非常に気分がいいのだ。

ただでさえ武人同士の死合いに乱入するという、自分でも無粋《ぶすい》極まりないことをして水を注《さ》してしまったのだ。しかも賭けの最中にである。これ以上相手の面子を潰す必要もないだろう。

それに加えて、とにかくリノキスの安全が第一だ。

「……わかりました。俺がいたら足手まといだってちゃんと理解できてますので」

名残惜《なごりお》しそうな顔をして、ガンドルフは行ってしまった。

そして、程なく――

路地裏の真ん中に突っ立っていた私を、黒服の集団が囲んだ。

前も、後ろも、建物の中や物陰《ものかげ》や上も。いかにも荒事専門という気配を帯びたのが十人ほど。

まあ、なんだ。

十人まとめても、リンゴを片手で握《にぎ》り潰《つぶ》すより簡単な連中だな。

「待たせたかな？」

その中の二人が、私の正面に立った。

一人は、あまり特徴のないどこにでもいそうな普通のおっさん。歩き方一つ見ても彼は武人じゃない。まあ黒服なので関係者ではあるのだろう。

それからもう一人、三十半ばくらいの黒髪の男だ。こいつは武人だな。黒服どものリーダーだろうか。

「気にしないで。それほどでもないから」

私がここで立ち止まっていた意味を察してくれたようだ。

「それで？　なんの用？」

「何、ツケを払ってから行ってほしいだけだ」

「ツケ？」

「剣鬼アスマ・ヒノキ。奴の試合には多額の金が賭けられていた。それをお嬢ちゃんが邪魔した。その損失を埋めてほしいんだ」

なるほど、わかりやすい話だな。

「あなたは交渉役《こうしょう》？」

「そうだよ。私は荒事は苦手でね。できればお嬢ちゃんにも大人しく応じてほしいんだけ

「ど、どうかな？」

うーん。

「正直、悪いとは思っているのよ。あなたの言うことは筋が通っている。私が一方的に乱入して邪魔をした形だものね。それは認めるわ。本当に悪かった」

「それで済むとでも？　大人の世界では、ごめんなさいだけじゃ通用しないんだよ」

「でも見ての通り、私はまだ子供なのよね。社会見学の一環で闇闘技場に連れて行ってもらったけどね。でもこれ以上関わるつもりはないの」

「それも通用すると思うかい？」

「──逆に聞くわ。通用しない理由ってあるの？」

と、私は足元に転がる小石を拾った。

「世の中、関わらない方がいい人っているじゃない？　私がそれだと思うんだけど。

それとも──」

指先でもてあそんでいた小石を、指先で潰してみせた。

「私と関わりたいの？　本当に？　後悔《こうかい》しない？」

「……」

一瞬、交渉役の男の顔に動揺が走った。

「そんな理屈を捏《こ》ねられるなら、ケジメが必要だってことも理解できるよな？」

言葉に詰まった交渉役の代わりに言ったのは、隣の武人だ。

「俺たちの世界では、何事もケジメが求められる。おまえさっき『悪かった』って言ったよな？　自分の失敗を認めたよな？　だったらケジメをつけろ」

うん。

「私が言うのもなんだけど、この件に関してはあなたたちの方が筋が通っているのよね。私はあなたたちの面子を潰した。ケジメをつけないと周囲に示しがつかないわよね」

「……なんか裏社会《こっち》の理屈に詳しいガキってのも不気味だな」

そう言うなよ。肉体は子供でも中身は老人だ。

「そうね、気分はいいけどちょっと消化不良ではあるし、少しだけ遊んであげるわ」

「は？」

「好きに仕掛けていいわよ。私を倒せたら……いや、一発でも入れられたらあなたたちに従うわ。これでケジメってことにしない？」

「……おまえは何を言っている？」

おいおい。そっち側の住人にしては察しが悪いな。

「――あなたたちにチャンスをくれてやるからさっさと掛かってこい、って言っているの。

嫌なら私があなたたちをぶちのめして行くわ。ケジメが必要なんでしょ？　こういう形で決着をつけてやるって言っているの。

もっとわかりやすく言いましょうか？　私は今、喧嘩《けんか》を売っているのよ」

ようやくわかってくれたようだ。

周囲の黒服たちから、空気がざわつくような殺気が漏れ出している。

いいじゃないか。弱いなりにやる気になってくれたらしい。

「死んでも知らんぞ」

その言葉が合図だった。

一際《ひときわ》殺意が膨《ふく》らむと、破裂《はれつ》するように一斉《いっせい》に仕掛けてきた。

横から飛んできたナイフを避け、上から降ってきた黒服たちをフェイント一つであしらう。時間差で仕掛けてきた短剣《たんけん》を逆に接近して受け流し、足元に飛んできた鞭の先端《せんたん》を靴《くつ》の裏で弾く。

淀みない連係。

慣れない集団戦は、味方が邪魔でまともに動けないものだ。却《かえ》って弱くなることさえあり得る。

しかし彼らの動きは非常にいい。個々が邪魔にならない立ち回りは一朝一夕でできるものではない。個の力が支えあって増している。二割くらい。

素晴らしい。

一人一人はセーターの毛玉を取るより簡単に倒せるが、集団戦となれば話は違う。段違いに強い。テーブルマナーと同じくらい厄介だ。

反撃《はんげき》していいならともかく、避け続けるのはなかなか難しい。いいじゃないか。思ったより楽しいぞ。

「あら」

彼らのリーダーも参戦してきた。寸鉄か。古めかしい武器を持っているじゃないか。

「ふ、ふふふ」

絶え間ない連撃に笑いが漏れる。

楽しい。

期待してなかったのに、思ったより楽しませてくれるじゃないか。

「ふふ、ははは」

連撃が止まらない。

連係を重ねる彼らの焦りが、戸惑《いと》いが、動きの端々から伝わってくる。

それでも果敢《かかん》に攻め続ける彼らに愛しささえ感じてくる。

これだけのことができる連中なら、もう実力差なんて理解しているはずなのに。

さて。

そろそろ引き際を与えてやろうと思った、その時だった。

「おっと」

異質とも言える違う殺気が交じったことを感じ、私は動いた。

所在なげに立っていた交渉役に駆け寄ると、そいつの胸倉《むなぐら》を掴んで私の後方に放り投げた。

「うおぉ!?　ちょ、な、何を……！」

地面を転がった男が抗議の声を上げようとして、黙った。

何があったかわかったのだろう。

そう、そこにいたら、斬られていたのだ。

「今度は正真正銘《しょうしんしょうめい》の魔剣ね。なるほど、別に持っていたのね」

今交渉役がいたそこに、剣鬼アスマ・ヒノキが立っていた。

右手に太刀を。

左手に小太刀《こだち》を持って。

異様な雰囲気と、正気が見えない虚《うつ》ろな瞳。

そして――静かな殺気。

黒服たちとは違う、闇闘技場で感じたものとも別種の、静謐《せいひつ》なる殺気。

太刀は闇闘技場で確認したが、問題は小太刀の方だ。

あれは魔剣だ。それも使用者の意識を奪うタイプの。私が嫌いなタイプの魔剣だ。

悪くない。

だが、良くもないな。

「意識ある？　ないわね？　だから魔剣って嫌いなのよね」

太刀と小太刀の二刀流の構え。

それは剣鬼の修めた流派に沿ったものなのか、それとも身に着けた技術が織りなす独自の型なのか。

正気を失っても斬るべき相手はわかっているようで、剣鬼は私に向けて構え――即座《そくざ》に襲《おそ》い掛かってきた。

殺気、踏み込み、速度。

すべて申し分なし。

一振りでは終わらない剣撃は、豪雨《ごうう》のように降り注ぐ。

しかし静かで、どこまでも流麗《りゅうれい》で、荒《あ》れ狂《くる》う殺意が嘘のようだ。

うん。なるほど。

「いまいちね」

百回。

あっという間に行われた百振りほどの剣閃を、私は余裕で回避した。斬られるどころかかすりもしない。

当然だ。

まだまだ常識の範囲内《はんいない》で高次元なだけの若造なんだ。こんなものだろう。

もっと言うと、黒服たちを相手にしている方が楽しかった。

正直、興覚めだ。

「――グオォォオォォオォオオオ！」

剣鬼が吠《ほ》えた。

これだけ刃を振るっても殺せない相手に苛立《いらだ》っているのだろう。

それは魔剣の意志か、それとも剣鬼の意志か。

どちらにせよ。

「もういいわよね？　武器に使われる程度の武人には充分付き合ったわ」

次の手。

振るわれた太刀を避け、小太刀は右手で受けた。

パキン、と軽い音がした。

刀身が折れた音だ。

「フン。硬度《こうど》もいまいちだったわね」

根性《こんじょう》のない魔剣だ。掌《てのひら》で受けたら折れてしまった。握り潰すつもりだったのに。

そして、剣鬼は倒れた。

魔剣という意志を失ってしまったからだ。

三流の魔剣に意識を預けてまで、いったい何がしたかったのやら。

――さて。

「続ける？」

横槍が入って中断していたが、今は黒服たちとのケジメの真っ最中だった。

が。

「もう、いい」

呆然と立ち尽《つ》くしていた黒服たちの中、絞《しぼ》り出すような声で告げたのは黒服のリーダー格だ。

「もういい。ケジメはもう充分だ。俺たちはおまえに関わらない。だからおまえも俺たちに関わるな。今夜のことは忘れるし、おまえのことも口外しない。捜さない」

……ふむ。

剣鬼の登場は、ちょうどいい引き際になったようだ。私にとっては興覚めもいいところだがな。

「ダウさん！」

「やめろ！」

非難げに交渉役に名を呼ばれ、男は怒鳴り返した。

「さすがにわかるだろう！　俺たちはずっとこのガキに見逃されてきたんだ！　もしこれ以上続けたら——俺たちは、全員ここで、死ぬ」

そうだな。これだけ色々あれば、素人でも力量差はわかるよな。

その証拠に、交渉役も黙ったしな。

「じゃあ私は行くけど、いいのよね？」

「……」

無言で頷くのを確認して、私は踵《きびす》を返した。

「——あ、そうそう。その剣鬼に言っておいて。私が無視できないくらい強くなったら、私から会いに行くって。それまでせいぜい腕を磨いておけ、って」

「わかった」

　こうして私はその場を後にした。

　誰も追ってこなかった。


「――ん……」

　小さな呻《うめ》き声が漏れた。

　視線を向けると、リノキスの瞼《まぶた》が薄く開いていた。

「気が付いた？」

　声を掛けると、こちらを見る。

「……お嬢様」

「体調はどう？　眩暈《めまい》とかない？」

　いくら早めに止血できたとはいえ、腕を斬り飛ばされただけに出血量は多かった。なんらかの支障が出てもおかしくない。

　かつての私じゃないが、食べ物を拒絶するほど弱っていると、完治までに時間が掛かりそうだが……

「……――っ！」

少し寝ぼけていたのか、急にリノキスが覚醒《かくせい》した。目を見開き、ばっと上半身を起こして左手で右腕に触れる。

「……ある」

右腕を撫でさする。

失ったはずのそれがあることが、信じられないような顔をして。

「え？……夢？」

「いいえ。あなたは確かに闇闘技場で剣鬼と戦い、腕を斬られたわ。それはくっつけたの」

自分の記憶と現在との差異に夢かと疑うが、そうではない。……リノキスの場合は、それがいろんな意味でそうであってほしいという願望なのかもしれないが。

私は夜抜け出して闇闘技場には行ってないし、自分も闇闘技場に選手として出場していない。

結果、腕を斬られることもなかった。

――すべてが夢だった。そう思いたかったのかもしれない。

「リノキス」

失ったはずのそれを動かしている彼女に、私は言わなければならない。

「ごめんなさい」

彼女の目がこちらを向く。

「あなたが私を止めるために、守るために、あそこまでやるとは思わなかった。あなたとちゃんと話し合って、双方《そうほう》納得する結論を出すべきだった。とても後悔している」

剣鬼との勝負は、何一つ問題のない勝負だった。それに関して言うことはない。

褒《ほ》め称《たた》えたいくらいの見事な一戦で、さすが私の弟子だと、私の弟子に恥じない内容だと思った。

だが、リノキスがその勝負に挑んだ理由が私にあるなら、それはまた別の話だ。

リノキスが望んだ勝負ならいい。

たとえ死ぬような結果になろうと、武人として本望《ほんもう》だろうと私は思う。

しかしあの勝負は、原因は私にある。

傍にいることは叶わないが、それでも護衛の仕事上私を守らなければならない彼女は、潜り込む方法として闘技場の出場者を選び。

その結果、剣鬼と勝負した。

――リノキスが一人前なら、いついかなる時も武人の勝負には応じろ、負けてもいいけど死ぬな、殺されるくらいならいっそ殺せと。それくらいは言えるのだが。

彼女はまだまだ半人前だ。そこまでを求めるつもりはないし、求めるのは酷《こく》だ。

「……でも、却って迷惑を掛けてしまいました」

「まあそれはそうだけど」

「えっ」

「私の弟子なら、あれくらいには勝ってほしいわ」

「……」

「リノキスがやられた後、私が倒しておいたわよ。瓶で殴って。一発だったわ」

「……お嬢様。もうちょっと謝ってもいいと思うんですけど」

ん？　何？

「お嬢様は、自分が悪かったと思ってるんですよね？」

「ええ」

「私まだそれ受け入れてませんけど？」

「え？　そうなの？」

「受け入れるまでは謝るべきでは？　ほら、相手が一応言っておく的な謙遜《けんそん》している場合もあるわけじゃないですか」

「謙遜？　あなた謙遜してたの？」

「してますよ！　してるでしょ！　するしかないでしょ！」

いやするしかないって言われても。なんだ。急に元気に。

「いきなり受け入れたらいやらしい感じがするでしょ！　そりゃ侍女としては二、三度謙遜を入れつつそちらからの強い押しで、半ば無理に押し切られる感じで受け入れる形が美しいでしょ！　使用人ってそういうものでしょ！　いやらしさが前面に出たらダメな役職でしょ！　相手の立場を考えて！　そっちが配慮しなきゃダメでしょ！」

いや知らないけど。……そこまで直接主張できるならいいんじゃないの？

「素手で剣を持った相手に立ち向かうとか怖いでしょ！　私それやったでしょ！　お嬢様のためにやったでしょ！　腕まで斬られたでしょ！　謝って謝ってそれから謙遜する私を褒めてほしいでしょ！」

彼女が何を言っているのか十割理解できないんだけど。なんだろう。錯乱しているのだろうか。怪我の後遺症だろうか。

「ほら！　横に来て！」

えっ。

「添《そ》い寝《ね》とかするべきでしょこれは！　これはそれくらいしてもいいやつでしょ！　それくらいしてもいいくらいがんばったでしょ！　私の横に寝て！　一緒に寝るの！」

「……………」

「そこまで元気なら大丈夫じゃない？」

「大丈夫じゃない！　決して！　添い寝！」

うん、もう大丈夫だな。いつもの不信感も増してきているし。すごく元気そうだ。

――とりあえずリノキスが大丈夫そうなので、安心した。

一抹《いちまつ》の不安と不信感を覚えるのも、いつも通りだ。

いつもの不信感を覚えて安心するというのも、奇妙《きみよう》な気はするが。

「立てる？　ぐずるのは後にして」

「ぐずってないもん！」

完全にぐずつく子供みたいになっているが。

「いい加減気づいてもいいと思うんだけど。ここ、寮じゃないのよ」

「寮だもん！　……えっ」

だもんじゃないから。違うから。周りを見ろ。

いつまでも闇闘技場にいるわけにもいかないし、長居したい場所でもない。

剣鬼の件で私も目立ってしまったので、闇医者との清算が済んだら、すぐに出たのだ。

治療が終わってまだ寝ていたリノキスは、ガンドルフに頼んで運んでもらった。

案の定、追手がやってきたが——まあ少しばかり遊んでやったら満足したようなので、問題ないだろう。

そして「薄明りの影鼠亭」まで戻ってきた。

今リノキスがぐずっているのはアンゼルの部屋のベッドである。

「ついでに言うと、もう明け方よ。そろそろ学院に戻らないと」

もうすぐ夜が明ける。

髪の色を戻した私はリノキスの傍にいて、目を覚ますのを待っていた。

六歳の身体が求める睡眠《すいみん》を必死でこらえながら、うとうとしつつ待っていたのだ。

子供は寝ている間に成長するのだ。睡眠欲求がとてつもなかった。私じゃなければぼうっとどころか熟睡《じゅくすい》していたに違いない。

リノキスが目覚めないようなら、私だけ学院に戻ろうと思っていた矢先だった。この酒場には常にアンゼルかフレッサがいるので、置いて行っても大丈夫だ。

「……わかりました。じゃあ続きは帰ってからということで」

帰ってから続けるつもりか。年上の侍女のぐずりとかベッドの上で暴れるほどの我儘とか見たくないんだが。

——まあいい。いやよくはないけど今は一旦置いておこう。

そろそろ本当に帰った方がいい。明るくなればなるほど誰かに見られる可能性が上がる。

「立てるなら一緒に帰りましょう。無理なら私だけ帰るから寝てなさい」

「大丈夫です」

少々足元がふらついているようだが、リノキスはベッドから立ち上がってみせた。……まあ、ゆっくり休むにしても、自分のベッドの方がいいだろう。ここはアンゼルの寝床《ねどこ》だからな。

移動中に体調を崩すようなことがあれば、またガンドルフに運んでもらおう。

目覚めたリノキスを伴い部屋を出て、店の方へ向かうと。

「――もういいのか？」

すでに閉店時間を過ぎている店内には、新人マスターのアンゼルと従業員フレッサ、そして大男ガンドルフがテーブルに着き、グラスを傾けていた。なかなか大人の空間である。

「ごめんなさいアンゼル。長く邪魔したわね」

「まったくだよ。少し深めの寝酒《ねざけ》になっちまった」

そうなんだ。羨ましい。私も寝酒が欲しい。なくても寝られる身体だが。

「――この際だから紹介しておくわね。これ、私の侍女。私自身も含めて名前は伏せるけど、今後何かあれば私の代わりにここに来たり、伝言を持ってきたりすると思うから。憶えておいて」

「――初めまして皆さん。お嬢様の侍女です。ほんと初めまして」

「……………おう、わかった」

なぜか「初めまして」を二回言って強調するリノキスと、何か言いたげな顔をしたアンゼルだが。

結局やり取りはそれだけだった。

「そろそろ帰りましょう」

帰り支度《じたく》は済んでいる。私の髪も元に戻したしな。

ピチピチの一張羅から普段着に着替えたガンドルフは「はい」と返事をし、グラスで揺れていた琥珀色《こはくいろ》の液体を一気に呑《の》み干《ほ》すとしっかりした足取りで立ち上がった。

闇闘技場ではワインに手を付けなかったが、呑めないわけではないようだ。

「馳走《ちそう》になった、アンゼル。おやすみ、フレッサ」

「おう」

「またね」

昨夜の闇闘技場について話したいことがないでもないが、今は時間優先だ。

世話になった酒場の二人への挨拶もそこそこに、私たちは学院へと走るのだった。

横の席にいるレリアレッドが、何度も欠伸《あくび》をしている私を見て呆《あき》れている。

「眠そうね」

闇闘技場の夜を楽しんだ翌日。

結構ギリギリの時間に学院に戻ってきた私は、あまり寝られないまま、何事もなかったかのように新たな一日を送っていた。

「眠そうというか、眠いのよ」

子供の身体ゆえに眠気がすごい。

私じゃなければその辺に倒《たお》れ込《こ》む勢いで熟睡しそうなほどに、眠い。

「昨日の夜、寝られないくらい興奮したの？」

うん？　……ああ、うん。

「それなりに、かしら」

レリアレッドは周囲と同じく、私も昨日の武闘大会の興奮が冷めていないのだろうと勘違いしたようだ。

生徒たちが熱狂《ねっきょう》した武闘大会の夜が、闇闘技場のイベントだったから。

今日は、武闘大会の翌日。

周りの話題は、やはり昨日のことばかりだ。

私が眠い理由を知らないレリアレッドが、同じように考えるのもわからなくはない。

子供たちの武闘大会はともかく、闇闘技場も興奮するほどではなかったが……まあ、楽しいといえば楽しかったかな。

久しぶりに……というか前世ぶりに魔剣を見ることができたし、むせかえるような鮮血の匂いを胸いっぱいに吸《す》い込んで、ほんの少しだけ本能と血肉がざわめく感覚を味わった。暗殺者たちの攻撃もちょっと刺激があって悪くなかったしな。

不満がないではないが、悪くない夜だった。

「ま、帰ってから寝ればいいんじゃない？」

「そうしようかな」

前もってスケジュールを調整し、今日の授業は午前中で終わりとなっている。

そして、撮影した武闘大会の模様が放送されるのは、今日の午後からである。

――周囲の子たちの熱が冷めないのも、きっと、これから放送で昨日の試合を振り返ることができるからである。

加えて、直接観客席で観た子は多いが、だからといってすべての試合を観られた子は少ないはずだ。

特に選手として参加した子は、必然的に観られなかった試合もあるだろう。

お菓子を買っておこう。

トイレを済ませておこう。

俺の勇姿を見ろ。

放送が始まったら誰がなんと言おうと魔法映像《マジックビジョン》から離れない、等々。

そんな発言が飛び交《か》っていた。

盛り上がり方は人それぞれだが、注目度は非常に高いようで何よりだ。

この分なら、また魔晶板《ましょうばん》が売れそうである。

――昨日の今日で、大急ぎで映像の編集を終えた王都放送局は大変だっただろうな。きっと向こうも徹夜《てつや》だろう。

全体的にそわそわしていた小学部の午前中の授業が無事終わり、レリアレッドと一緒に寮に戻ってきた。

貴人用女子寮には珍しく、なんだかみんなバタバタしている。

どうも皆、お菓子やお茶の準備をしたり、今の内に小さな雑事を済ませたりしているようだ。

ロビーにある魔晶板の前から動かずに済むよう、今の内に、終わらせるべきことを終わらせているのである。

「――パンケーキ欲しい人ー？」

「「――はーい！」」

子供たちと一緒になって寮長カルメも忙しそうだ。……パンケーキか。欲しいな。

私とレリアレッドは実家経営の関係で。ほかにも階級が高い貴人の子は個人用の魔晶板を持っているので、自室で観戦できる。

でも、なんというか、少人数で観るのと大勢で観るのでは、雰囲気や盛り上がり方も違うんだよな。

「一緒に観る？」

レリアレッドはその辺をよくわかっているので、ロビーで皆と一緒に観るのもいいと思っているようだ。

試合のたびに一喜《いっき》一憂《いちゆう》して、皆で盛り上がりたいのだろう。

「私は無理。途中で寝そうだから」

大会中はヒルデトーラがインタビューしたり、試合の案内をしたりと活動していたので、私もそれはチェックしたいのだが。

しかし、今は如何せん眠い。

もう尋常じゃなく眠い。

たぶん今座ったら三秒で寝られる。

というか気を抜いたら立ったままでも寝られそうなくらい眠い。

「そんなに眠いの？」

眠い。

この子供の身体が睡眠を欲している。

観たい気持ちももちろんある。きっと放送局の人が徹夜して編集したであろう、ハードスケジュールで仕上げてくれた武闘大会の映像を、私も観たい。

が、眠気の方がはるかに強いので、もう迷うことなく寝ることにした。

どうせ再放送もあるだろうから、今観なくてもいいだろう。

部屋に戻ると、リノキスが寝ていた。

私のベッドで。

「……確かに言ったけど」

多く血を失ったから、とにかく食って寝ろと。

朝、部屋を出る前に、確かに言ったけど。

でも私のベッドで寝ていいとは言っていない。一言も言っていない。

「………………」

いったいどういうつもりなのかは気になる……いや聞きたくもないが、穏やかな寝顔《ねがお》ではあるが顔色が悪いのを察してしまうと、叩《たた》き起こしたり床《ゆか》に落とすのも憚《はばか》られる。

「添い寝か……」

昨夜、というか早朝か。

「何をそんなに……」と言いたくなるほど添い寝添い寝と言っていたリノキスを思い出す。

これは暗にしろと。私に添い寝をしろと。

そういう意味なのだろう。

……仕方ないな。

「――えい」

「――ごぶっ⁉」

とりあえず、私が寝ている間にリノキスが起きないよう、ちょっと腹に食らわせておくことにした。

うむ、白目を剥《む》いた穏やかな寝顔になったな。これでしばらく起きることはないだろう。いったいなんのこだわりがあるのかは知らないが、お望み通り添い寝してやることにした。

Violent princess Nia Liston Character File 7

アスマ・ヒノキ

刀に魅入られた剣士。
生き物を斬るために冒険家になった。この時代ではかなり腕がいい方。

Status

年齢

26歳

肩書・役職

冒険家

異名

剣鬼

好きな戦い方

倭刀。

生まれはどちらですか?

武蔵會の片田舎。

妖刀はどこで手に入れたのですか?

忘れられた社に奉納されていた。

その闇闘技場とやら、人を殺していいのか?

第八章　もうすぐ夏休み

「諸々のデータが出たので、報告します」

ヒルデトーラが発する言葉を、固唾《かたず》を呑んで待つ。

武闘大会開催から一週間が過ぎた。

大会の放送も再放送も流れ、ようやく熱も冷めてきたこの頃。

魔法映像《マジックビジョン》関連の報告を聞くべく、私とヒルデトーラはレリアレッドの部屋に集まった。

私たちにとっては、むしろこれが本題である。

魔法映像《マジックビジョン》を使用した武闘大会の放送は反響もよく、すでに何度も流れている再放送でさえまた観たいという生徒もいるようだが。

無関係な人は魔法映像《マジックビジョン》で武闘大会の模様を楽しめばいいだけだが、私たちはそれに伴う結果を欲していた。

あのイベントは、あくまでも魔法映像《マジックビジョン》普及活動の一環。

そして今回の結果如何で、次に仕掛ける普及戦略も左右される。

「――結果としては、現段階では最上の実績を残せたと言えるでしょう」

私とレリアレッドは、同時に安堵《あんど》の息を吐いた。

ヒルデトーラが最上とまで言うのであれば、普及活動は成功したということだ。


データによると、武闘大会の放送は、かなり評判がよかったそうだ。

まあ前評判もよかったので、結果もいいだろうとは思っていたが。

しかし、勝負は結果が出るまでわからないものだ。偶然タイミングよく放たれた一撃が、たまたま格上の相手を倒したりすることもある。

武にまぐれはない。

だが集中力や体調、慢心《まんしん》、自信、気のゆるみなどという不確定要素が、結果を左右することもある。

武の世界でさえそうなのだ――よくわからない普及活動の動向や結果なんて、私には読み切れない。

「ほっとしたわね」

レリアレッドは、侍女エスエラが淹れてくれた紅茶にようやく口を付けた。

「そうね。これで安心して帰れるわね」

私も、少し渇《かわ》いていた喉に水分を入れる。少しぬるくなっていた。

ヒルデトーラが持ってきた結果の方が気になり、手を伸ばす気になれなかったのだ。茶《ちゃ》請《う》けに出されたクッキーも同様だ。……何？　砂糖少なめだからクッキーにジャムを載せて食べろだと？　……うん、甘い。

もう少ししたら夏休みである。

多くの生徒が実家に帰るし、私とレリアレッドも帰郷する予定である。

アルトワール学院入学だの王都に移住だのと、慣れない生活が始まったとあって、入学当初は自領の撮影を抑えてもらっていたが、最近はまた多くなってきている。

レリアレッドもそのようだし、ヒルデトーラは元から多い。撮影関係で一番忙しいのは彼女だ。

「やはり、一学期にできることはここまでのようですね」

学院内の撮影はしばらく休みにする、とは前から聞いていた。

具体的には、一学期……夏休みが終わるまではなしにしよう、と。

各々の撮影が忙しいし、次の普及活動のアイデアを考える必要もある。

武闘大会もそこそこ大掛《おおが》かりだったので、そう簡単に企画できるものではないのである。

「色々と都合がいいみたいです。学院撮影班は、もう一度放送局で修業するそうですし」

学院撮影班と言うと、学生だけで構成されたあの即席集団か。

――なんでも、彼らが撮影した映像を編集していた王都放送局のお偉《えら》いさんが、「夏休みに本格的に鍛《きた》え上げてやる」と言い放ったらしい。下働きとしてアルバイトをするんだとか。

武闘大会関連の撮影で、学院撮影班も学生気分の素人から段々と本職の目になりつつあったので、彼らはまだまだ伸びるだろう。

彼らの成長次第で、今後できることも増えるはずだ。期待せざるを得ない。

「――お嬢様。例のお話をお忘れですか？」

魔晶板《ましょうばん》の売れ行きや、放送局に届いたお便りやファンレターの話などを聞いていると、私の後ろに控えていたリノキスが耳元で囁いた。

例の話？

ああ、そうだ。一瞬どの話かわからなかったが――そうそう。ヒルデトーラに会ったら言わないといけないことがあった。

「ねえヒルデ。王都放送局に挨拶に行きたいの」

まだ自領の撮影が忙しいので、王都放送局からの仕事はない。

だが、今後王都放送局に呼ばれて仕事をすることもあるだろう、と前々から思っていた。

だからぜひ挨拶をしておきたい。挨拶は人付き合いの基本だからな。

「あ、私も行きたいです」

レリアレッドも考えることは同じなのだろう。最近は本当に色々と忙しかったからちょっと失念していた、というのもきっと同じだろう。

「挨拶ですか……それは局長に会いたいという意味でいいですか?」

……ん?

「あれ?」

これまた同時に、私とレリアレッドは気付いてしまった。

「王都の放送局局長……って、もしかして王様ですか?」

そう。そこが私も引っかかった。

リストン領の放送局局長は、領主である父だ。

シルヴァー領の放送局局長も、領主であるレリアレッドの父親だ。

そこを考えると――

「いえ、違いますよ」

よかった。さすがに子供が挨拶で国王に会う、というのは、ちょっと荷が重い。

「前国王ですね。わたくしの祖父に当たります」

……ああそう。まあ、まだ現役《げんえき》の国のトップよりは気楽に会えるかな。

「でも、はっきり言って祖父はお飾りですね。名前だけ借りているという感じなので、挨拶する相手というのもなんだか違う気がしますわ」

ほう。

「なら、ヒルデは誰に挨拶したらいいと思う？」

もう率直に聞いてみた。

王都放送局の事情なんて知らないので、ずばり教えてほしい。

「局長代理の第二王子か、もしくは撮影班部長でしょうか」

「――部長にしましょう」

「――そうね。部長に挨拶すればいいわね」

私とレリアレッドは即答した。

王族とか面倒臭いのだ。ほぼ同世代で同じ仕事をしているヒルデトーラでさえ、出会った頃は面倒臭かったくらいだから。

「ふふ。王族と会うのはお嫌ですか？」

ヒルデトーラの笑みに、レリアレッドが「いやあ……偉い人の前は緊張しますから」と、もっともらしく苦笑《くしょう》を返す。

「でも、アルトワール《うち》は結構ゆるい方ですよ。だから貴人が庶民に軽視されるのかもしれませんが」

へえ。そういう感じなのか。

「でも、王族だって人間ですからね。大差ないですよ」

そう言いながら、ヒルデトーラはクッキーにベリージャムを載せ、一口で口の中に放《ほう》り込んだ。

小さめのクッキーだが、子供の口には少し大きいのに。

現にどんぐりを詰めたリスのような頬になっている。

――アルトワールの王族はこんな感じですよ、という言外の意思表示だろう。

「それは身内だから言えるんですよ。さすがに会いづらいですよ……ねえニア？」

レリアレッドが言うことはもっともだが。

「身分差はあるかもしれないけれど、同じ人間であることに違いはないじゃない」

「まあ、そうだけど」

「王様だって殴れば血が出るでしょ」

「え？　急になんの話？」

「どんなに偉くても同じ人間だって話。殴れば出るでしょ。血」

「殴っちゃダメでしょ。出るほど殴っちゃダメでしょ」

いや、状況によるだろう。

「殴っていいか悪いかは状況次第だわ。殴るべき時は殴った方がいいと私は思うの」

「いやダメでしょ！　王様殴っちゃダメでしょ！　ヒルデ様、なんかニアが不敬なこと言い出してるんですけど！」

不敬じゃないだろう。

むしろ私に殴られるようなことを言ったりしたりする王様の方が悪いだろう。たとえるなら忠臣の苦言に拳を添えるようなものだろう。

「王様だって人間ですからね。殴っても刺しても出るものは出ますよ」

「なんでヒルデ様まで出る話してるの!?　出る話はもういいんですよ！　そりゃ刺したら誰だって出るでしょ！」

「血って見ると興奮しない？」

「しないわよ！　……え、それ王様を殴るって言ってるの!?」

「血はともかく、わたくしは国王に危害を加えることを考えると興奮を覚えますね」

「何言ってるのヒルデ様!?　あなたが言う国王って自分の父親ですよね!?」

「いいんですよあんな浮気者《うわきもの》。実の子には仕事が忙しくて会えないと言うくせに、新しい女の部屋に通う暇はあるんですからね。王としては優秀かもしれませんが、父親としては最低ですよ。あんなの」

……うむ。

その話題には触れたくない。

というか、触れてはならない。

――ヒルデトーラの家庭の事情は、それこそ関わると面倒臭い。

「ニア」

とっくに陽が落ち、空に星明かりが瞬《またた》く頃。

女子寮を出たところで、待っていた兄と合流した。

「ごきげんようお兄様。夜空の下でも美貌が輝いているわね」

生活リズムの違いだろうか、同じ学院の同じ学部にいても兄ニールとはあまり遭遇することがない。会うのは久しぶりである。

「ありがとう。君も変わらず髪が白いな」

うむ、白いね。元の色に戻る気配がまったくないね。

……それにしても、兄の軽妙《けいみょう》な返しは、なかなかこなれてきている感がある。

いつまでも子供じゃないということだろう。

具体的に言うと、彼の美貌から来る修羅場をいくつか潜ってきたという証ではなかろうか。武闘大会の放送からファンレターが急増しているらしいし。

それはそれで寂しいな。

いつまでも子供ではないし、心も身体も成長していくのは自然なことではあるが、この子供特有の可愛らしさは日を追うごとにどんどん失われていくわけだ。

そして、もっともっと男女を問わず泣かせる男に育っていくわけだ。実に嘆《なげ》かわしい。罪な兄である。

「飛行船の準備はできている。すぐ出発して大丈夫か？」

「ええ。用事は全部済ませてあるから」

王都の放送局部長にもしっかり挨拶をした。

天破流師範代代理ガンドルフに、「薄明りの影鼠亭」のアンゼルやフレッサにも伝えてある。

舞台「恋した女」から付き合いのある劇団氷結薔薇《アイスローズ》のユリアン座長とルシーダの双子に、看板女優になりつつあるシャロにも会った。

あと「職業訪問」から行きつけになっているレストラン「黒百合の香り」のシェフにも、一応外食がてら言ってある。

ひとまず、これで一ヵ月ほど王都を離れても大丈夫だろう。

そう——明日から夏休みであるからして。


夜の内に飛行船に乗り、翌日明るい内にリストン領に到着する。

そんな日程での里帰りとなる。

港が混雑する日中は避けて、空いている夜間に乗り込む——貴人や貴人の子は、定期船や貨物船が出ない夜間の移動を好むそうだ。まあわからんでもない。

兄の懐古主義《レトロ》な飛行船に乗り込み、夜空の星を見ながら紅茶を飲んで、少しだけ夜更《よふ》かししておしゃべりをした。

武闘大会のこと。

武闘大会で活躍した兄のこと。

武闘大会以降高まる兄の人気のこと。

武闘大会から熱烈《ねっれつ》なファンレターがたくさん届いていること。

「……うん、もう寝ようか」

私としては共通の話題を出していたつもりだが、どうやら兄の心の傷に触れてしまったようだ。

輝くばかりの美貌に影が差した兄を見送り、私も就寝することにした。

昔貰ったファンレターの内容をまだ忘れられないのか。

それともファンレターの内容にまた悩まされているのか。

どちらにせよ、兄はどうも繊細なようなので、あまり一人で抱《かか》え込まないでほしいものだ。一言相談してくれれば私も対策を考えるのに。

まあ、それはともかく。

明日から夏休みだ。

すっかり自分の居場所となった学院の女子寮から、一ヵ月以上離れる予定となっている。

撮影中心のスケジュールがかなり詰まっているが、個人的な楽しみも用意してあるので、初めての夏休みはそれなりに楽しみである。

飛行船に乗って一夜明けた翌日。

予定通り、リストン領にある屋敷《やしき》に到着した。

「――お帰りなさいませ」

数ヵ月ぶりに見る使用人たちに出迎えられ、無事帰還《きかん》を果たしたのだった。

Violent princess Nia Liston Character File 8

レリアレッド・シルヴァー

同い年であるニア・リストンの活躍に触発され、魔法映像界に飛び込んだ幼女。
気が強く負けず嫌いだが、芯はまっすぐ。常識人。いい子。

Status

年齢

6歳

肩書・役職

第五階級シルヴァー家四女

好きな戦い方

無手。天破流を学んでいるが、強さは年相応。

これならニアに勝てそう、と思う点は？

可愛さと愛くるしさと愛嬌では勝ってると思う！

一目惚れってあると思いますか？

ある！

あ、今また流血沙汰になりそうなこと考えたでしょ？

「またこの部屋に帰ってきたわね」

久しぶりに戻ってきた自室は、出ていった時と何も変わらない。

特に疲れてもいないが、疲れている気がしてベッドに身体を投げ出してみた。……目を瞑ると少し眠くなってきたので、やっぱりちょっと疲れているのかもしれない。

「お茶を淹れましょうか？」

「ええ」

一緒に帰ってきたリノキスが、慣れた手つきで紅茶の準備を始める。もうすぐ昼食の時間なので茶請けはなしだ。

眠くなってきたが、到着早々昼寝《ひるね》というわけにもいかないので、のろのろと起き出してテーブルに着いた。

「あなたは帰らなくていいの？」

学院では、使用人は本当に付きっきりである。当然実家に帰るような時間もない。

貴人の子に付き添う多くの使用人は、夏休みや冬休みといった長期休暇に合わせて休みを取り、実家に帰ったりするそうだ。

それを聞きつけ、前にリノキスに質問したことがあるが、今改めて聞いてみた。

「手紙でのやり取りはしていますので、大丈夫ですよ」

その答えも、前に質問した時と同じである。

「それにお嬢様が心配ですから。もう心配すぎて心配すぎて目が離せませんよ」

それも前に受け取ったのと同じ言葉である。

闇闘技場での一件から、リノキスの監視《かんし》と護衛が過剰になってしまった。

まあ、それは私がやらかしたことなので、仕方ないにしてもだ。

「あと添い寝の件もありますし」

「何度も言うけど、添い寝はしたわよ。している間リノキスが起きなかっただけよ」

「……何度考えてもおかしいんですよね。お嬢様が隣で寝ているのに起きないなんて考えられないんですけど」

「大量出血のせいでしょ。腕を斬られた後だったし」

——あと私がしっかり一撃を入れて、寝ている彼女を更に眠りの底に叩き落としたし。

「なんかおかしいんだよなぁ……」

あの日から一ヵ月以上が経っているのだが、リノキスはなかなかしつこい。

というか、そこまで添い寝に執着《しゅうちゃく》されると、もうなんか、ちょっと怖いのだが……

相変わらず不信感を拭《ぬぐ》えない使用人兼弟子である。


屋敷で昼食を取り、午後。

庭に出て、兄と兄専属の侍女リネットの修行風景を、時々口を出しながらリノキスと一緒に見守る。

兄とリネットは木剣《ぼっけん》を使うので、私が口出しできることはそんなにない。

そもそも他門流派の門下生なので、むしろ口を出してはいけない。

リネットの腕もいいので、余計なお世話である。求められない限り下手に口出しするべきではない。

ちなみにリノキスも昔は剣を使っていたが、私への弟子入りと共に素手に鞍替《くらが》えした。

一応今も護身用の短剣などは持っている。

私としては武器を使おうが使うまいが、あまり気にしないのだが。

私の流派は……まあ、ちょっと思い出せないが、そんなにガチガチに決まった型や動きがあったわけではない、はずだ。

あらゆる状況、あらゆる相手に対応できるよう、臨機応変な型を得意としていた、気がする。

その中には、武器を使う時もあった——だから木剣で木の枝を斬ったりする技も身についているのだ。ちなみに木剣より素手の方が切れ味は良い。

——それにしても、兄もリネットも、前に見た時より確実に強くなっているな。

「いいわね、お兄様。順調に腕が上がっているわ」

「君は本当に、時々ものすごく上から目線になるね」

それは仕方ないだろう。

前世を入れれば兄よりはるかに年上で、腕も上だから。

——この屋敷で車椅子《くるまいす》に乗っていた頃から、夏休みの風景としてはあまり変わらない光景が、少し懐かしい。

ただ、明確に一つ、変わったことがある。

「ニアお嬢様。一手御指南《ごしなん》願えますか？」

リネットが私に稽古を求めるようになったことと。

「待てリネット。ニアと立ち合うのは私が先だ」

兄も、それを所望《しょもう》するようになったことだ。

――ふむ。私の手出しと口出しを求めると。

「リノキス。相手してあげなさい」

露払いは弟子の仕事である。

そしてリノキスが兄とリネットの相手をする傍ら、私は。

「――もっとこう。踏み込む歩《ほ》幅《はば》を狭くして、剣の先端を当てにいくような感じで。相手が素手なら武器のリーチを活かして」

傍《はた》から見て、型の改善点を教える。

兄とリネットがどこまで強くなれるか。

夏休みの楽しみが、密かに一つ増えたのだった。

あとがき

こんにちは、南野海風です。

凶乱令嬢ニア・リストン、二巻です。

出ちゃいましたね。二巻。諸事情により伸び伸びになっていたのですが、ようやく皆さんのお手元に届き、そして皆さんの本棚の隙間を埋めることができます。端っこでいいのでぜひ納めてくださいね。

今回はあとがきのページが少ないので、あまりだらだらした話はできません。

一巻のあとがきに書いた「ホロライブとかにじさんじとかわからない」と誤解を招きそうな発言をしたことを謝りたかったり、某回転するお寿司屋さんを応援するため私が取った行動を仄めかしたりしたいのですが、大した話じゃないのでやめておきましょう。

あ、Vさん方に関しての発言だけは、本当にすみませんでした。もう少し言葉を選ばないと誤解を招くかも、と思いました。

南野は電子の海で活躍する妖精さんたちを応援しています。いつも楽しい時間をありがとうございます。

イラスト担当の磁石先生、今回も素敵なイラストをありがとうございました。
なんか……制服の女の子っていいですよね。
私はとてもいいと思います。いいねボタンがあったら爆速で連打してます。いいね。

コミカライズ担当の古代先生、いつも楽しませていただいています。
日程では、この二巻の発売日とほぼ同時期に、コミックス一巻が発売となります。
面白いんだよなぁ……ぜひチェックしてみてくださいね。

担当編集のSさん、今回もお世話になりました。
私以上に色々と大変だったと思いますが、おかげさまで無事二巻が完成しました。
これからもよろしくお願いします。

そして読者の皆さん。
皆さんのおかげで二巻が発売できました。本当にありがとうございます。

また、ありがたいことに三巻の発売が決定しております。

ニアのあんなシーンやこんなシーン、リノキスの怪しいセリフ、魅力的なサブキャラや特に魅力的じゃないサブキャラの活躍、それ以外のなんやかんや……たぶんそんなのがてんこ盛りの内容になることでしょう。

これはもうなんというか、楽しみとしか言いようがないよね！


それでは、またお会いしましょう。

……ニアちゃんが来る

……ニアちゃんが来る……

——あなたの**不敗記録**、今ここで泥を付けてあげましょう!

『凶乱令嬢ニア・リストン』

第3巻発売決定!

Nia Liston

嫌な顔をしながらも
逃げないお嬢様が
私は好きですよ

おまえは
いつになったら
魔法映像を
普及させるのだ?

王様に相談した
ことがあります

あなた、この国で**最強の女**にならない?

無責任な

ニア。夏休みのスケジュールは
もう決まっているのかい?

拳は
嫌いよ

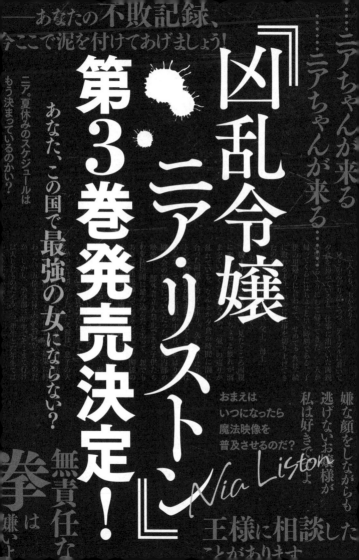

HJ文庫
1077
https://firecross.jp/

凶乱令嬢ニア・リストン 2

病弱令嬢に転生した神殺しの武人の華麗なる無双録

2023年5月1日　初版発行

著者――南野海風

発行者―松下大介
発行所―株式会社ホビージャパン

〒151-0053
東京都渋谷区代々木2-15-8
電話　03(5304)7604（編集）
　　　03(5304)9112（営業）

印刷所――大日本印刷株式会社

装丁――小沼早苗（Gibbon）／株式会社エストール

Printed in Japan

ISBN978-4-7986-3148-6　C0193